4647C

Ỳe

ÉPIS ET BLUETS

POÉSIES

NIORT, IMPRIMERIE TH. MERCIER.

PIERRE CAILLET

ÉPIS

ET BLUETS

POÉSIES

PRÉFACE PAR EUGÈNE PELLETAN

PARIS

J. HETZEL, LIBRAIRE-ÉDITEUR

13, RUE JACOB

1864

PRÉFACE.

Il fut un temps où la poésie tenait la place d'honneur dans la littérature; c'était l'heure de Lamartine, de Victor Hugo, de Béranger, de Musset. Alors la France aimait, alors elle croyait; aujourd'hui elle n'aime rien et ne croit qu'au trois pour cent, aussi ne parle-t-elle qu'en prose. La prose même n'est plus assez prosaïque; bientôt le chiffre aura remplacé la langue française.

Or, pendant cette éclipse de poésie, il y avait un jeune pâtre qui gardait son troupeau dans une vallée perdue où la Sèvre coule à petit bruit à l'ombre des

noyers. Ce modeste Giotto de la poésie avait appris à
lire à l'école de son village, et il continuait son éduca-
tion à l'autre école du bon Dieu, sur sa bruyère ou
dans la prairie. Il écoutait ce que la brise dit à la feuille
en passant, et ce que la fauvette chante dans l'aubépine; il emportait en lui ces voix de la nature, puis
un jour il les entendit murmurer au fond de son
cœur; il frappa son front, il dit : « Et moi aussi!... »
et il écrivit ce volume.

Certes, je ne veux pas surfaire un début; ce livre
n'est encore que le premier mot d'un poète, mais il y
a déjà dans son talent une sève généreuse, la passion
de la liberté, la haine de l'injustice, l'indignation
sacrée, et en même temps le don du vers, le secret
de la facture, la grâce et la vigueur de l'expression.

On trouve à la vérité par moments, chez M. Caillet
comme chez tout débutant, d'ailleurs, l'influence et
quelquefois même la réminiscence d'un maître de
prédilection, tantôt de Victor Hugo, tantôt d'Alfred
de Musset. Mais avec le temps, je n'en doute pas, sa

poésie prendra un caractère plus intime et plus em-
preint d'un bouquet de terroir. Lorsqu'on a le feu
sacré comme lui, on a le droit de ne plus aller demander conseil à la nymphe Echo.

J'ignore le destin de ce livre ; notre époque a-t-elle
encore une oreille ouverte au lyrisme ? N'importe.
M. Caillet aura du moins réagi contre la tendance de
notre époque ; il aura empêché autant qu'il était en
lui la prescription de la poésie, il aura prouvé que la
jeunesse levait encore le front vers le ciel, et après
avoir lu son volume, je dirais volontiers de lui ce qu'on
a dit d'un autre poète, jeune comme lui et enthou-
siaste comme lui : « Il y a encore des parfums dans
Galaad. »

Eugène PELLETAN.

PRÉLUDE.

Jetez vos luths, brisez les cordes de la lyre !
Les vers n'ont plus d'échos, poètes, parmi nous ;
Les bardes d'autrefois, honteux de leur délire,
S'ils revenaient jamais seraient traités de fous.

A quoi bon ces rêveurs dont la voix importune
Ne parle que devoir, justice, dévouement,
Lieux communs inventés pour ceux que la fortune
Met sous sa roue et broie impitoyablement ?

Que nous font vos soupirs ou vos enthousiasmes ?

Chants de gloire, d'amour, de liberté, d'espoir,

Colères, châtiments, larmes, rires, sarcasmes,

La muse n'a plus rien qui peut nous émouvoir.

Semez à pleines mains les fleurs de votre style ;

Nuit et jour, ô penseurs, travaillez ardemment ;

Appelez-vous Homère, appelez-vous Virgile,

Nous vous accueillerons avec un bâillement.

Nous sommes forts ! L'ennui nous fait une cuirasse

Dont nul ne peut percer l'impénétrable airain.

Tous vos luths auraient beau résonner dans l'espace,

Notre âme serait froide et notre front serein.

On aimait autrefois l'art et la poésie.

Notre idéal, à nous, c'est de l'or à monceau ;

On s'enivre toujours, mais au lieu d'ambroisie,

On va puiser sa coupe aux fanges du ruisseau.

On se passionnait pour des héros malades,
Des Werther, des Lélia. Notre siècle est guéri
De ces créations monotones et fades :
Nous lisons maintenant Madame Bovary.

C'est qu'il faut chaudement gratter nos épidermes ;
Il nous faut des récits qui nous fouettent le sang ;
Il nous faut le réel, la crudité des termes,
Et l'amour qui s'escompte avec du trois pour cent.

Hélas ! il est donc vrai, nous sommes des eunuques ;
Notre esprit ne comprend que les honteux marchés.
Quel souffle a donc passé sur nos têtes caduques
Et laissé pour jamais nos cerveaux desséchés ?

Tous ces jeunes vieillards, fiers de leur calvitie,
Qui marchent gravement dans les processions,
Sont donc pétrifiés, figés dans l'inertie,
Et n'ont plus rien qui vibre au choc des passions ?

Quoi! rien ! pas un désir, pas une fantaisie ,

Si ce n'est de cuver l'absinthe ou le cognac,

Et le ventre au soleil, comme un pacha d'Asie,

De suivre d'un œil mort les vapeurs du tabac.

Juvénal, lève-toi! prends un fouet de vipères;

Vieux Dante! rouvre encor les cercles de l'enfer;

Chassez-moi, chassez-moi dans leurs affreux repaires

Tous ces adorateurs de l'or et de la chair !

Mais non ! non! c'est assez pour nous de flétrissures.

Grâce! nous guérirons de cette làcheté.

Comme des chiens galeux qui lèchent leurs blessures,

Nous-mêmes panserons notre immoralité.

Descends, descends sur nous, céleste poésie!

Que ton aîle d'azur vienne toucher nos fronts

Nous allons secouer cette paralysie,

De notre abjection nous nous relèverons

Le doute nous courbait sous ses fourches caudines,

La nuit de plus en plus voilait notre regard,

Nous étions énervés; sur nos jeunes poitrines

L'égoïsme pesait comme un lourd cauchemar.

Mais nous voulons sortir de ce plat marécage,

Nous sommes las d'aller dans l'ombre et de ramper.

O muses! parlez-nous votre mâle langage,

Sur les cîmes encore aidez-nous à grimper.

Nous sommes las de doute et las de prosaïsme,

Et nous ne voulons plus porter par vanité

Le masque dédaigneux et glacé du cynisme

Que clouait sur nos fronts l'insensibilité.

Jeunes gens, jeunes gens, soyons donc de notre âge!

Des seuls biens de la vie à quoi bon nous sevrer?

Ayons l'amour, l'honneur, la bonté, le courage,

Et ne nous lassons pas de croire et d'espérer.

L'espérance convient au cœur de la jeunesse

Comme au nid printanier la chanson du bouvreuil :

Le nid se refroidit dès que la chanson cesse,

L'espérance en partant laisse le cœur en deuil.

Si nous tenons l'oiseau, pourquoi le mettre en fuite

Et pourquoi lui fermer notre sein désolé ?

Tant de gens, ici-bas, qui sont à sa poursuite,

Ne le rattrapent plus une fois envolé.

Pourquoi dire, en voyant tomber le crépuscule :

L'aurore sur nos fronts ne se lèvera plus ?

Pourquoi jeter sur tout un dédain ridicule

Et n'avoir d'appétit qu'aux plaisirs dissolus ?

Les fleurs n'ont-elles plus de parfums, les collines

Plus de sentiers déserts où s'égarent nos pas ?

Les flots tarissent-ils dans les vertes ravines ?

Est-ce que le soleil là-haut ne brille pas ?

La beauté pâlit-elle, et les vierges candides
Ont-elles déchiré ton voile, ô chasteté ?
Sommes-nous devenus des Dégrieux stupides
Que les Manon Lescaut grisent de volupté ?

Non ! l'amour ce n'est pas cette ardeur libertine
Qui chauffe nos désirs comme un feu de démons,
Et fait de l'âme humaine une ignoble sentine
Où les vices honteux déposent leurs limons.

Le plaisir étiole et l'amour vivifie.
Nous nous sentons meilleurs quand ce divin flambeau
Dont la pure clarté retrempe et purifie,
Elargit à nos yeux les horizons du beau.

Aimons, ô mes amis ! reprenons confiance.
L'amour ouvre les cœurs à la fraternité:
Allons nous retremper dans ce flot de Jouvence
Et ne croupissons plus dans les flots du Léthé.

Comme on voit reverdir le tronc des jeunes plantes
Et la sève en avril sous l'écorce monter,
Le sang fermentera dans nos veines brûlantes;
Nous sentirons encor notre sein palpiter.

O jeunes légions trop longtemps attardées!
Partons! Vers l'avenir tournons-nous, regardons,
Et dans l'ardent combat où luttent les idées,
Marchons derrière ceux qui portent les guidons.

VOLTAIRE.

O Voltaire ! vieux sage à la parole ardente,

J'aime ta lèvre fine , acérée et mordante ,

Qui cache dans ses plis le sourire moqueur.

J'aime ton clair regard, pétillant d'ironie,

J'aime ton large front rayonnant de génie

Où vient se réfléchir la flamme de ton cœur.

On a bien essayé de ternir ta mémoire

Et d'outrager ton nom , ce flambeau de l'histoire;

Il n'a pas un instant cessé de resplendir.

Pareil à ces sommets que les nuages sombres

Voudraient envelopper dans les plis de leurs ombres

Et que l'obscurité semble faire grandir.

2

Autour de ton tombeau, qui vois-tu? — des pygmées
Qui s'attaquent toujours aux grandes renommées,
Comme la rouille immonde au fer le plus poli;
Des fils de Loyola dont l'esprit fanatique
Cherche à galvaniser le cadavre mystique
Des superstitions qui gisent dans l'oubli.

Ce n'est pas tout encor; des hommes de notre âge
Se sont mêlés parfois à ce chorus d'outrage,
Afin de flageller ton brillant souvenir;
Des penseurs radieux et des poètes même,
Dans un moment d'erreur t'ont jeté l'anathême;
Ils ont maudit ton nom que l'on devrait bénir.

Car notre œuvre, après tout, fut par toi commencée.
Nous sommes héritiers de ta grande pensée,
Nous moissonnons le champ où ta main a semé.
Et si nous profitons ainsi de la récolte,
Pourquoi donc cette ingrate et stupide révolte
Contre l'esprit sublime où l'idée a germé.

Que te reproche-t-on ? d'avoir sapé la base
De ces vieux monuments où s'enivraient d'extase
Les moines engourdis au fond de leur couvent ?
Et d'avoir démoli mur à mur, pierre à pierre,
Les cloîtres, les caveaux de chaque monastère,
Pour les jeter ainsi qu'une poussière au vent ?

D'avoir séché la sève et coupé les racines
De ces traditions, de ces bonnes doctrines
Dont les fruits d'or, dit-on, faisaient l'homme meilleur?
D'avoir brisé leurs troncs pour semer à la place,
Comme après l'arbre mort une plante vivace,
L'acerbe scepticisme et le doute railleur ?

« Maintenant, disent-ils, les salles sont désertes ;
» Sur les murs écroulés croissent les herbes vertes ;
» On n'entend plus crier que la voix des hiboux,
» Où résonnaient jadis les hymnes monacales ;
» Seul, le reptile impur se traîne sur les dalles
» Que les vieux pénitents usaient de leurs genoux.

» On ne voit que débris dans la tour solitaire

» Du manoir, où pareils au vautour dans son aire,

» Trônaient arrogamment les barons féodaux ;

» Le donjon menaçant n'est plus qu'une ruine

» Où fleurit en avril un bouquet d'aubépine,

» Où l'hirondelle fait son nid dans les créneaux.

» Les hommes d'aujourd'hui ne sont plus, ô scandale,

» Que des libres penseurs ; ta doctrine fatale,

» Voltaire, a tout flétri dans son embrasement ;

» Car c'est vous, Arouet, c'est vous le grand coupable,

» Vous de ce sacrilège êtes seul responsable,

» Et vous en répondrez au jour du jugement ! »

Ainsi voilà ton crime ! — Oh ! que tu dois sourire,

En voyant tous ces gens que la colère inspire,

Sans cesse te jeter leurs malédictions ;

En entendant pleurer ces nouveaux Jérémies

Qui, regrettant toujours les haines endormies,

Remplissent les échos de lamentations.

Car après tout, qu'était ce passé qu'on nous vante?

Un rêve monstrueux qui glace d'épouvante :

Des piloris dressés dans tous les carrefours,

Des bastilles avec leurs noires oubliettes,

Et des gibets au vent balançant leurs squelettes

Que les corbeaux impurs disputent aux vautours.

Tortures, chevalets, crocs, tenailles mordantes,

Vastes auto-da-fé et chapelles ardentes,

La tyrannie avec la superstition ;

Voilà ce qui paraît à travers la nuit sombre,

Et l'on croit voir surgir, formidable, dans l'ombre,

Le fantôme hideux de l'Inquisition.

O croyances! ô foi qu'on invoque sans cesse,

Que vous avez coûté de sang et de détresse

A notre malheureuse et faible humanité!

Que vous avez armé de races ennemies!

Combien vous avez vu s'accomplir d'infamies

Sous le masque du zèle et de la piété!

Regardez ! le rideau de l'histoire s'entr'ouvre :

Charles IX est debout à son balcon du Louvre,

Le meurtre pour complice a pris le bras des rois ;

Le meurtre est regardé comme une œuvre sublime ;

La main de Ravaillac, pour s'affermir au crime,

Fait avec un poignard le signe de la croix.

Vertige de la foi ! Louis XIV lui-même,

Ce grand roi qui prenait le soleil pour emblême,

Dont l'orgueil éclipsait celui des demi-dieux ,

Parmi son peuple un jour lance les dragonnades,

Et le sang répandu par ces tristes croisades

A rendu pour jamais ce long règne odieux.

O siècles où l'aveugle et sourde intolérance

Posait sa main de fer sur chaque conscience

Et du libre penser étouffait le flambeau ;

Où jusque dans la mort la gloire était flétrie,

Où , comme un chien galeux qu'on jette à la voirie ,

Bossuet refusait à Molière un tombeau ;

Siècles de l'ignorance et de l'hypocrisie,

Où toute noble idée était une hérésie

Qu'à grands coups de cognée il fallait ébrancher;

Siècles des Galilée et des Savonarole,

Qui portez dans la nuit la sanglante auréole

Que font autour de vous les flammes du bûcher;

Siécles évanouis, quoi! c'est vous que l'on pleure!

C'est votre souvenir qu'on évoque à cette heure

Où le progrès conduit les peuples par la main;

A cette heure où partout la science féconde

Promène sa charrue et, comme une herbe immonde,

Jette les préjugés flétris sur son chemin!

Siècles! dormez en paix dans le sein de l'histoire.

Voltaire a passé là, Voltaire notre gloire,

L'intrépide ouvrier, le grand démolisseur,

Voltaire s'est penché sur vos ruines sombres,

Et l'esprit du vieux temps avec tous ses décombres

S'est écroulé devant le souffle du penseur.

Comme son ombre dut tressaillir quand ta foudre,

Quatre-vingt-neuf, bondit et réduisit en poudre

Les restes vermoulus du monde féodal ;

Lorsque la liberté, brisant ses vieilles chaînes,

Comme le Spartacus des légendes romaines,

Arbora fièrement son drapeau triomphal.

Quand ce jour radieux jaillit dans les ténèbres,

Sans doute il se mêla bien des lueurs funèbres

Aux splendides clartés du nouvel horizon ;

Certes la lutte fut terrible, bien des haines,

Monstres couvés au nid des souffrances humaines,

Sur la société vomirent leur poison.

Mais parmi ce chaos de vertus et de crimes,

D'atroces lâchetés et d'actions sublimes

Dont nos aïeux encor gardent le souvenir ;

Parmi les échafauds, parmi les représailles,

La Révolution portait dans ses entrailles

L'émancipation des races à venir.

Alors on proclama l'homme l'égal de l'homme,

On ne le mena plus à coups de verges, comme

Un bétail de fatigue et de faim harassé ;

Il ne reconnut plus de maîtres ; l'humble plèbe,

Cette chose autrefois attachée à la glèbe,

Relève alors son front sous le joug abaissé.

Maintenant le soleil peut féconder la terre,

La moisson peut mûrir dans le sillon prospère,

Bonhomme ne craint plus que du voisin manoir

Le seigneur tout à coup, comme un oiseau de proie,

Fonde sur son travail, sur son bien, sur sa joie,

Pour ne laisser que deuil, ruine et désespoir.

Une ère d'espérance et d'amour est ouverte.

Dans la cité bruyante et dans la forêt verte,

Tous de la liberté hument le souffle ardent ;

L'azur du firmament brille pour tout le monde,

Les fleuves de la terre à tous versent leur onde,

La nature appartient à tous les fils d'Adam.

3

L'industrie a partout élargi son domaine;

C'est l'Eden retrouvé pour la famille humaine,

C'est l'idéal nouveau greffé sur la raison.

Le panache ondoyant d'une usine qui fume

Est aussi poétique au regard, dans la brume,

Qu'une flèche d'église au bord de l'horizon.

Là-bas, dans le rail-way, le rouage s'engrène,

Et la locomotive avance par la plaine

Avec des grincements et des convulsions.

Miracle ! un jet ardent de vapeur qui s'échappe

Du tube où la comprime une frêle soupape,

Suffit pour charrier des populations.

Le télégraphe, ainsi qu'une flèche lancée,

D'un bout du monde à l'autre emporte la pensée;

Le pôle est devenu voisin de l'équateur;

L'aérostat, navire aérien, voyage,

Franchit les monts, les mers, plane sur le nuage,

Et l'homme dans l'azur part en explorateur.

Le malheureux forçat de l'antique Genèse

Brave intrépidement Satan et sa fournaise.

Il sent que son esprit n'est fait que pour chercher.

La torture n'est plus, même pour les athées,

Et la nature peut former des Prométhées

Sans craindre de les voir clouer sur un rocher.

L'homme au prix du labeur cherche la jouissance

Et mord sans retenue au fruit de la science,

Interrogeant la terre et le ciel à la fois.

L'homme travaille et pense; et vous croyez peut-être

Que cela ne vaut pas, même au regard du Maître,

L'inepte oisiveté des cloîtres d'autrefois?

A quoi donc servaient-ils, ces troupeaux sans familles

De moines va-nu-pieds, de cafards en guenilles

Banquetant ou priant Dieu du matin au soir?

Et dans quel but avoir à toute heure à la bouche

Le *Frère, il faut mourir!* du trappiste farouche?

Le suicide alors serait donc un devoir?

Le beau mérite! — Après que la folle jeunesse

A vidé jusqu'au fond la coupe de l'ivresse,

Et qu'elle a secoué toutes ses fleurs aux vents;

Alors que nul désir dans le cœur ne palpite,

Que les sens apaisés dorment, — le beau mérite

Que de se séparer du monde des vivants !

Que de couvrir son front d'un capuchon sordide,

Et d'aller s'enfouir dans un caveau fétide,

Pour compter niaisement les grains d'un chapelet;

Pour murmurer tout bas de banales paroles,

Comme des histrions qui récitent leurs rôles,

Comme des mendiants chantonnent un couplet!

Et si l'on est à l'âge où le cœur vibre encore

— Comme cette statue éveillée à l'aurore —

Au souffle printanier des plaisirs, de l'amour,

Quelle nécessité de s'enfuir de la fête

Pour aller au désert vivre en anachorète ·

Et mendier à Dieu le pain de chaque jour ?

Quoi ! de tout sentiment faire le sacrifice ;

Quoi ! macérer son corps et porter le cilice,

Volontairement boire à l'éponge de fiel,

Et, comme Saint-François, se rouler dans la neige,

Pour éteindre le feu brûlant qui nous assiége,

C'est là vaincre l'enfer et conquérir le ciel ?

L'on est donc racheté parce qu'on humilie

L'image de son Dieu dans la poudre avilie ?

C'est donc faire un hommage à la divinité

Que d'arrêter l'essor de notre âme immortelle,

Comme un oiseau captif auquel on rogne l'aîle,

Et de la replonger dans la stupidité ?

Non ! celui qui donna l'intelligence à l'homme

Veut qu'il marche autrement qu'une bête de somme,

Le front servilement incliné vers le sol ;

Il veut que son regard plane dans la lumière,

Il veut que l'aigle aussi dresse sa tête altière,

Lorsque dans l'empyrée il va prendre son vol.

Oh ! l'homme n'est pas fait pour croupir dans la fange,

Car, s'il tient de la brute, il tient aussi de l'ange.

Job ne doit plus rester couché sur son fumier ;

Il a d'autres désirs dans son âme inquiète,

Il comprend que s'il faut enfin qu'il se rachète,

C'est en brisant l'anneau qui le tient prisonnier.

Cet anneau monstrueux et lourd, c'est l'ignorance !

L'user par le travail, l'user par la science,

Voilà le but sacré, voilà le vrai devoir.

A tout nouveau progrès qui poind comme une étoile,

A chaque découverte ouvrant un pli du voile,

Dieu sourit à la terre et se penche pour voir.

Le plus humble inventeur, le plus obscur manœuvre

Ont plus fait pour sa gloire, ont plus fait pour son œuvre

Que tous les jubilés des moines du passé.

Le regard d'Arago, qui là-haut s'aventure

Pour surprendre un secret de la grande nature,

Monte mieux jusqu'à lui que la voix de Rancé.

Et toi, vieil Arouet dont le rire caustique

A brûlé jusqu'au vif la lèpre fanatique

Qui cache sa laideur sous le manteau du Christ;

Toi, le bouc émissaire et l'écrivain sinistre

Que Satan, disent-ils, a choisi pour ministre,

Toi que l'Eglise encore appelle l'Ante-Christ;

L'heure de te comprendre est à la fin venue.

Ta noble mission fut longtemps méconnue,

Ton nom ne sera plus comme un épouvantail.

Tu seras bien toujours le Voltaire incrédule

Dont l'arme formidable était le ridicule,

Mais tu seras aussi l'esprit âpre au travail;

Tu seras le penseur accroupi sur sa tâche,

Méditant jour et nuit et fouillant sans relâche

Chaque tradition et chaque souvenir;

Vrai pionnier de l'idée allant de doute en doute,

Brisant, démolissant et déblayant la route

Où doit rouler en paix le char de l'avenir.

Le respect va pour toi succéder à l'insulte,

Quand la philosophie aura chez nous son culte,

Lorsque tous comprendront le grand, le bien, le beau;

Quand la fraternité, par une large étreinte,

Unira tous les cœurs dans sa guirlande sainte,

Quand le savoir pour tous secoûra son flambeau;

Quand les guerres, de sang et de larmes trempées,

Essuîront à jamais le tranchant des épées

Et baisseront enfin leur affreux pavillon;

Lorsque les arsenaux seront une antiquaille,

Et que les vieux canons qu'on gorgeait de mitraille

Se changeront en socs pour creuser le sillon;

Ce jour sera pour toi comme une apothéose.

Car tu fus un de ceux qui plaidèrent la cause

De tous les opprimés, celle du genre humain;

Car tu fus un Messie en ce passé barbare,

Et, là-haut, les martyrs, les Calas, les Labarre,

Se pressent sur tes pas pour te serrer la main.

Une tache est pourtant sur ta vie imprimée :

C'est d'avoir profané la belle renommée

De celle qui sauva son pays et son roi,

De cette Jeanne d'Arc dont le grand sacrifice

Ne recueillit, hélas ! qu'un infâme supplice,

Et la dérision d'un outrage par toi !

Mais le vent de l'oubli, comme un impur nuage,

A balayé ce livre, erreur de ton jeune âge ;

Cette tache est pareille à celles du soleil :

Tant de lumière flotte et brille à la surface,

Que l'éblouissement qui devant nos yeux passe

Ne nous laisse entrevoir que son disque vermeil.

Tu peux dormir en paix dans ta gloire suprême ;

La bave des dévots n'effleurera pas même

La couronne qui luit sur ton front radieux.

Le reptile salit une fleur, un brin d'herbe,

Mais en vain il s'attaque au tronc haut et superbe

Qui porte noblement sa tête dans les cieux.

4

STELLA.

Où vas-tu, belle étoile,
Vaisseau silencieux
Dont l'éclatante voile
Resplendit dans les cieux ?

Tu traverses l'espace
Ainsi qu'un alcyon
Qui sur les ondes trace
Un lumineux sillon.

Entre la blanche nue
Et le bleu firmament,
Voyageuse inconnue,
Tu vogues lentement.

Quand tu franchis les ombres
De l'horizon, le soir,
On croirait que tu sombres
Dans quelque gouffre noir.

On croit voir ta mâture
S'abîmer à jamais;
Mais, rayonnante et pure,
Toujours tu reparais.

Et malgré les tempêtes,
Malgré l'éclair qui luit,
Jamais tu ne t'arrêtes,
Ni le jour ni la nuit.

Nul rivage sans doute
Ne peut te retenir,
Car toujours dans ta route
On te voit revenir.

Toujours ta même proue
Creuse un même sillon,
Toujours sur ton mât joue
Le même pavillon.

Sans bruit et sans secousse,
Dans cet océan bleu,
Quelle brise te pousse,
Beau navire de feu?

Quel bras puissant et sage
Te guide sur les flots,
Et de ton équipage
Quels sont les matelots?

Quelle force t'entraîne?
Quel intrépide chef
As-tu pour capitaine,
Mystérieuse nef?

De quelle étrange espèce
Sont donc les passagers
Que tu portes sans cesse
Vers des bords étrangers?

Combien ta traversée
Durera-t-elle encor
Avant qu'enfin, lassée,
Tu rentres dans le port?

Vers quelle étrange plage
Cingles-tu désormais?
Le but de ton voyage
Qui le saura jamais?

Dans la nuit, ô poète,

J'écoute, loin de toi,

Ta pensée inquiète

Qui monte jusqu'à moi.

J'écoute ce long rêve

De la terre venu,

Qui soupire et s'élève

Ainsi vers l'inconnu.

Tu veux savoir la cause

De mon excursion,

Et quelle loi m'impose

Ma grande mission.

J'appartiens à la flotte

D'astres et de soleils

Dont l'abîme ballotte

Les pavillons vermeils.

Ma route m'est tracée
Dans cette immensité
Où je vais , balancée
Depuis l'éternité.

Au roulis qui me berce
Sur ces flots de saphir,
Sans cesse je traverse
Du zénith au nadir.

Et puis je recommence
Du nadir au zénith
Ma traversée immense
Qui jamais ne finit.

Dans l'espace je vole
Vers un phare de feu ;
L'amour est ma boussole,
Mon pilote, c'est Dieu !

Ces régions sublimes,
Peut-être qu'à ton tour,
Franchissant les abîmes,
Tu les verras un jour.

Quand ton âme immortelle,
Oiseau brillant et pur,
Pour déployer son aîle
Dans l'infini d'azur,

Dépouillera, splendide,
Ton corps, pesant haillon,
Comme la chrysalide
Qui se fait papillon !

Alors, loin de ta sphère
Cherchant un nouveau port,
Naufragé de la terre,
Tu viendras à mon bord...

LE BAIN.

Labuntur altis interim ripis aquæ.
HORACE.

Je sais un lieu paisible au fond de la vallée,

Près du fleuve qui fuit sous la verte saulée.

Le coteau d'alentour forme son horizon ;

Un moelleux tapis de mousse et de gazon

Invite à se coucher sur la rive, à l'ombrage

Des peupliers dont l'eau reflète le feuillage.

On s'étend là tout nu sous le ciel du bon Dieu,

Sans crainte qu'un regard ne surprenne en ce lieu.

On écoute les flots soupirer en mesure

Et se causer entre eux avec un doux murmure.

On hésite longtemps ; les pieds trempent d'abord ;

On sort, on entre ; enfin l'on s'éloigne du bord ;

On enfonce, on remonte, on se replonge encore,

Et l'on sent la fraîcheur entrer par chaque pore.

Le flot limpide et clair sur des sables polis,

Comme dans un manteau vous serre dans ses plis.

Qu'on est bien là, couché sur l'eau bleue et profonde,

Et se laissant aller au caprice de l'onde,

La face vers les cieux, les yeux noyés d'azur,

Les poumons dilatés par un air frais et pur !

Comme on se sent heureux ! Le vent sur nos épaules

Agite doucement l'éventail vert des saules ;

Un orchestre enivrant d'insectes et d'oiseaux

S'épanouit gaîment dans l'arbre et les roseaux ;

Tandis qu'on voit passer la verte demoiselle

Qui d'un débris de fleurs s'est fait une nacelle

Et vogue en plein courant, de récif en récif,

Les deux ailes au vent sur son fragile esquif !

Sur ce petit tableau que sans cesse on admire

La nature a jeté son plus charmant sourire.

Tout le temps qu'on y reste, on ne s'aperçoit pas

Qu'au-delà du coteau qui s'élève à cent pas,

Le soleil aux rayons piquants comme la braise

A transformé la plaine en ardente fournaise.

LE BŒUF.

Le maître dit : Le bœuf n'est bon que pour l'engrais.

Pourvu qu'il ait un lit de paille souple et frais,

Du foin au râtelier, du grain dans sa mangeoire,

Qu'on le soigne à son heure et qu'on le mène boire,

Cela suffit. Il n'a — Durham ou Leicester —

Rien à faire ici-bas, si ce n'est de la chair.

A ce seul point de vue améliorons la race ;

Les os sont superflus, n'en laissons pas de trace.

Qu'importe s'il ne peut se traîner qu'à pas lents !

Pourvu qu'on taille un jour des beefsteaks succulents

Dans sa chair, et pourvu qu'il engraisse ma table ,

Laissons-le tout le jour ruminer dans l'étable.

Et moi je dis : Le bœuf a besoin de soleil,

Car il n'est pas toujours plongé dans le sommeil.

Il regarde parfois de ses yeux doux et mornes,

Quand un rayon du toit tombe et dore ses cornes,

Tristement allongé, le dos contre le mur,

A travers la fenêtre, il regarde l'azur.

Il songe aux verdoyants et vastes pâturages

Où bondissaient jadis les génisses sauvages,

Où, taureau vagabond, libre, ardent et dispos,

Ses sourds mugissements frappaient tous les échos.

Il songe aux tièdes soirs d'automne, aux courses folles

A travers les halliers et les pelouses molles,

Sur la pente des monts ombragés de forêts,

Parmi les vallons verts coupés de noirs guérets ;

Avec de grands noyers pour se coucher à l'ombre,

La nuit, un ciel d'azur semé d'astres sans nombre,

De clairs ruisseaux toujours pour laver ses flancs roux,

Et des flots de sainfoin montant jusqu'aux genoux.

Oui, dans ses souvenirs comme nous il remonte.

Et peut-être qu'alors ce pauvre bœuf, qu'on dompte

Comme un enfant craintif, songe aussi quelquefois

Au jour où l'on courba pour la première fois

Sa tête sous un joug; où, traînant avec peine

Une lourde charrue au penchant de la plaine,

Il sentit, en voulant s'écarter du sillon,

Dans ses flancs en sueur pénétrer l'aiguillon.

Dans sa morne stupeur, peut-être qu'il regrette

De n'avoir pas rompu d'un hochement de tête

La courroie et le joug, les chaînes, les essieux,

Pour se débarrasser d'un maître audacieux

Qui le dompte par ruse à défaut de la force,

Qui l'astreint au travail par le fouet ou l'amorce,

Qui le bat, le caresse et s'empare de lui,

Lui prend sa liberté pour lui laisser l'ennui,

L'exploite, puis l'enferme au fond d'une écurie

Et l'envoie engraisser plus tard la boucherie !

Quand il n'aurait besoin, lui, que d'un simple effort

Pour montrer qu'il est libre et qu'il est le plus fort.

Plongé dans la nuit
Obscure,
J'écoute ton bruit,
Nature !

Apprends-moi la fin
Des choses.
Où va le parfum
Des roses ?

Où va le riant
Nuage
Qui vers l'Orient
Voyage ?

Où va le flocon
D'écume,
Le gaz du flacon
Qui fume ?

Le rapide éclair
Qui passe
Et bientôt dans l'air
S'efface ?

Que devient aussi
Notre âme,
Quand s'enfuit d'ici
Sa flamme ?

Champs silencieux
Dans l'ombre ;
Etoiles des cieux
Sans nombre ;

Rives dont le flot
Soupire,
Où l'arbre dans l'eau
Se mire ;

Brises dont la voix
Plaintive
A travers les bois
M'arrive ;

Paroles que dit
La haie,
Chansons que le nid
Bégaie ;

Mots mystérieux
>Et vagues
Qu'adressent aux cieux
>Les vagues,

Je cherche partout,
>J'écoute,
Demandant à tout
>Sa route.

Et tout : ciel profond,
>Aurore,
Nuit, mer, tout répond :
>J'ignore !

Omnia vincit amor.

(VIRGILE).

Ce qui donne l'âme et la vie aux choses :
Au vert colibri ses riches couleurs,
La blancheur aux lys, le parfum aux roses,
Comme au papillon ses aîles de fleurs.

Ce qui fait pleurer souvent à voix basse
Les rameaux des bois qu'avril reverdit ;
Ce qui fait sourire un rayon qui passe ;
Ce qui fait chanter l'oiseau dans son nid ;

Ce qui donne l'ombre au mont solitaire,

Sa verte parure au bosquet mouvant;

La chaleur féconde au sein de la terre,

La flamme au soleil, l'harmonie au vent;

Ce qui donne aux nuits l'astre et la rosée,

Radieux joyaux du ciel et du sol,

Et les doux zéphirs dont l'aîle embrasée

Caresse en passant les fleurs au long col ;

Ce qui fait rugir l'hyène plaintive,

Quand son râle sourd trouble les déserts,

Et qu'elle bondit, farouche et lascive,

Parmi les bambous et les palmiers verts ;

Ce qui donne aux mers ces voix gémissantes,

Lorsque, s'élançant vers le firmament,

Leurs vagues d'azur s'enflent, frémissantes,

Et semblent chercher un embrassement;

Ce qui fait enfin que la bouche appelle

Sans cesse la bouche aux baisers de feu,

C'est toujours l'amour, brûlante étincelle

Dont l'ardent foyer émane de Dieu.

A VICTOR HUGO,

Auteur des Misérables.

O maître! à quelle ardente flamme,
A quel éblouissant rayon
S'est donc allumé dans votre âme
Le feu de l'inspiration?
Rien ne l'éteint, ni la souffrance,
Ni la vieillesse qui s'avance,
Ni l'exil au ciel ténébreux ;
Toujours la pensée en ruisselle,
Toujours une gerbe nouvelle
Sort de ce foyer lumineux.

Oh! par quelle puissance étrange

Êtes-vous parfois visité?

Quelle muse vous sert? Quel ange

Se plie à votre volonté?

Dites-nous quel divin génie,

Poète! dans votre insomnie

Avec vous, la nuit, se débat,

Que toujours, lutteur intrépide,

Inspiré, le regard splendide,

Vous sortez vainqueur du combat.

Dites-nous vos labeurs sans trêve,

Votre orageuse émotion,

Lorsque dans votre front s'achève

Quelque grande création.

Dites-nous, dites-nous encore

Combien de fois la blonde aurore

A frappé vos yeux éblouis,

Tandis que, tourné vers la France,

Vous invoquiez le spectre immense
De vos rêves évanouis.

Là-bas, au-delà de la plage,
Au-delà des flots écumeux,
Votre regard suit le nuage
Qui fuit vers l'horizon brumeux.
Vous songez aux choses passées,
A vos espérances chassées
Par le tourbillon des malheurs ;
Le souvenir de la patrie,
Sous votre paupière attendrie
Goutte à goutte arrache des pleurs.

Oui, parfois la terre natale,
Maître, apparaît à votre esprit ;
Mais parmi la route fatale
Où les chocs jettent le proscrit,
Malgré le deuil et la détresse,
Votre cœur déborde sans cesse

D'accords sublimes ou touchants ;

Errant, fugitif comme Dante,

Votre voix brave la tourmente,

Et l'orage apporte vos chants.

L'orage apporte vos pensées :

Hier, les *Contemplations*,

Larmes radieuses, versées

Du haut de vos afflictions ;

Hier, ces *Légendes* célèbres,

Où, perçant d'épaisses ténèbres,

Lentement surgit le progrès ;

Comme au-dessus des vagues sombres

On voit, sous le rideau des ombres,

Le soleil monter par degrés.

Tandis que ce torrent d'idées,

Echappé de votre cerveau,

Versait au monde ses ondées,

Plongé dans un chaos nouveau,

Fouillant l'humaine conscience
Et travaillant dans le silence
A l'œuvre des Beccarias,
Votre esprit créait pour la foule
Cette épopée où se déroule
Le grand drame des parias.

Comme aux portes des tabernacles
On se pressait pour écouter,
Jadis, la voix que les oracles
Allaient soudain faire éclater,
Tous, haletants, l'âme attentive,
Là-bas, ô proscrit! vers la rive,
Dans un transport religieux,
Nous tournions nos cœurs pour entendre
Les vérités qu'allait répandre
Votre livre prodigieux.

O triomphe! ô gloire féconde!
O brillante apparition!

La France, l'Europe, le monde
Frémissent d'admiration.
Les cœurs battent, la foule est ivre;
On court, on s'arrache le livre;
Hameaux, cités lui sont ouverts,
La presse gémit, crée, empile
Les volumes qui par cent mille
S'éparpillent dans l'univers!

Salut à l'œuvre sociale!
Salut au courageux penseur
Qui d'une justice idéale
S'est fait apôtre et défenseur!
Qui par la charité sublime,
Veut dompter le vice, le crime,
La haine, la rébellion,
Les bagnes, ces hideux Tartares,
Et rayer des codes barbares
L'inique loi du talion.

Oh! que la misère est profonde!

Quel abîme, quel gouffre amer

On sent remuer sous la sonde

Que vous jetez dans cette mer !

Quels spectres errent sous les vagues !

Quelles plaintes tristes et vagues,

Hélas! qu'on ne peut apaiser.

Que de frissons dans cette brume!

Que de bas-fonds sous cette écume

Où la vertu vient se briser!

Misère! ignorance! Insalubre

Et noir marais d'iniquités!

Par cette broussaille lugubre

Tous les essors sont arrêtés.

Il faut donner à tous l'aisance,

Défricher chaque intelligence

Où la science peut germer;

Chasser l'ombre par la lumière

Et le culte de la matière
Par ce mot radieux : — Aimer !

Alors la cité fraternelle
Sortira de ses fondements ;
Une religion nouvelle
Rallumera les dévoûments ;
On verra, de son empyrée
Secouant l'olive sacrée,
Dans tous les lieux, dans tous les temps,
Sous les palais et sous les chaumes,
La liberté sourire aux hommes,
Comme le soleil au printemps.

Devoir ! progrès ! philanthropie !
Triple loi des sociétés !
C'est un rêve ; mais l'utopie
Enfante les réalités.
Poëte, sonnez la fanfare,
De l'idée allumez le phare,

Les cœurs généreux vous suivront;
Et tous ceux qui doutent encore,
Ceux que l'égoïsme dévore,
A votre voix s'éveilleront.

Qu'il est beau d'être l'avant-garde!
Qu'il est beau d'être l'éclaireur!
De dire à la foule : Regarde !
Voici le vrai, voici l'erreur;
Voilà l'étoile qu'il faut suivre,
Voilà le drapeau qui délivre,
Levez-vous! marchez en avant!
Puis d'entendre un départ nocturne
Dans la campagne taciturne
Où tout dormait auparavant.

Le génie est le roi suprême;
Son sceptre, c'est la vérité,
Et la gloire est le diadème
Dont le ceint la postérité.

Poëte, artiste, — Gluck, Shakspeare,

Il brille au sommet de l'empire.

L'atelier grandit le palais.

C'est l'étiquette vraie et juste :

Virgile passe avant Auguste,

Phidias avant Périclès.

Vous verrez, douce récompense,

Quand vous reviendrez parmi nous,

Toute la jeunesse de France

Accourir au-devant de vous.

Nous n'imiterons plus la Grèce :

Homère doit dans sa vieillesse

Avoir ici droit de cité.

Oh! nous vous ferons une fête

Qui sera digne du poète,

Et digne de la liberté!

LA POLOGNE.

Hier à son poteau liée,
Les yeux fixés dans l'avenir,
Vaincue et non humiliée,
Elle semblait se souvenir.
Comme une Niobé nouvelle,
Songeant à ses fils morts pour elle,
Portant le deuil de ses héros,
Elle traînait dans la poussière
Son front ployé pour la prière,
Mais n'implorait pas ses bourreaux.

Jamais de pardon, ni de grâce :

Ses mains grelottaient dans les fers,

Les verges lui sanglaient la face,

Le knout lui lacérait les chairs ;

Toujours noble dans sa souffrance,

Sur la victime sans défense

Les barbares frappaient en vain.

Stoïque en face de l'outrage,

A cette haine, à cette rage

Elle opposait son fier dédain.

Pourtant dans ce sombre silence,

Malgré sa résignation,

Elle rêvait la délivrance.

Au sud, brillante vision,

Elle a vu s'avancer naguère,

Dans sa belle armure de guerre,

L'éblouissante liberté,

Et sur les plages siciliennes,

Les sceptres, les baillons, les chaînes,

Tomber sous son glaive enchanté.

Et la pauvre Pologne encore

Aperçut un rayon d'espoir,

Reflet lointain de cette aurore

Se projetant sur son ciel noir.

Alors celle qu'on disait morte

Sentit qu'elle était jeune et forte;

Comme Achille, elle frémissait

Si ses yeux rencontraient des armes,

Et sur son front baigné de larmes

Un éclair radieux passait.

Mais l'implacable tyrannie,

Redoutant un suprême effort,

La replongea dans l'agonie;

La main du czar frappa plus fort.

Ecoutez: le vent par bouffées

Apporte des voix étouffées,

Des plaintes traversant les airs.

Ce sont des mères qu'on fusille,

Des fils volés à leur famille,

Des pères chassés aux déserts.

O pitié! le sang qui ruisselle

Des temples inonde le seuil,

Et la Pologne qu'on flagelle

Se voile pour cacher son deuil.

Quoi! toujours vider le calice,

Toujours endurer le supplice,

Toujours ployer sous les douleurs,

Et jamais un mot pour maudire

Ceux qui la livrent au martyre

Et se repaissent de ses pleurs!

Quoi! plus un bras pour la défendre,

Plus de braves, plus de hardis!

Comme un feu qui meurt sous la cendre,

Tous les cœurs sont-ils refroidis?

Oh ! non. Cette race meurtrie

N'attend qu'un cri de la patrie,

Un seul, elle se lèvera!

La foudre, longtemps comprimée,

Au sein de la nue enflammée

Bien plus terrible éclatera.

O vengeance! implacable guerre!

L'opprimé contre l'oppresseur!

La proie arrachée à la serre

Qui poursuit enfin le chasseur!

Assez de torture et de honte!

Une voix formidable monte :

Debout! c'est l'heure du devoir.

La torche des haines s'allume,

Le tocsin hurle et le sang fume ;

C'est le combat du désespoir.

A travers le sinistre orage

On entend un souffle de mort,

9

Et l'on voit un rouge nuage

S'élever, là-bas, vers le nord.

Les cadavres jonchent la plaine,

Et sur les tas de chair humaine

Les corbeaux viennent se gorger.

Ah! malheur au vil despotisme

Qui pousse par son égoïsme

Les peuples à s'entr'égorger!

Et vous qu'une même pensée,

Qu'un seul amour doit réunir,

Cessez une lutte insensée,

Peuples ! songez à l'avenir.

Russes ou Polonais, qu'importe!

Le vent du progrès vous emporte,

Marchez, rompez votre licou.

A vous aimer Dieu vous convie.

Les citoyens de Varsovie

Sont frères de ceux de Moscou.

Que toute haine soit bannie

Entre vous; que tous vos efforts

Se tournent vers la tyrannie :

Soyez libres pour être forts !

Peuples d'Europe ou d'Amérique,

Du Potomac à la Baltique,

Levez-vous pour la liberté !

Noirs et blancs, soyez prêts d'avance

A l'universelle alliance

D'où naîtra la fraternité.

PEUT-ÊTRE.

Oui, c'est là le grand mot, la grande question.

Chacun pose son point d'interrogation ;

Mais on a beau rêver système sur système,

Nul ne résout, hélas ! l'insoluble problème ;

Nul ne peut pénétrer dans ce sombre palais

Dont on ne trouve pas l'issue. — O Rabelais !

Que tu le savais bien, quand dans ton râle, ô maître !

Tu t'écriais : « Je vais quérir le grand Peut-être! »

Eh bien ! l'a-t-on trouvé? Connaît-on maintenant

L'énigme? Qu'a-t-on vu, la vie ou le néant ?

Que devient l'homme après qu'il a quitté ce monde?

Périt-il tout entier dans la tombe profonde,

Ou bien l'âme, planant d'un vol brillant et sûr,

Prend-elle son essor dans les champs de l'azur,

Pour aller habiter l'une de ces planètes

Dont les rayons, le soir, se croisent sur nos têtes?

La mort nous l'apprendra peut-être quelque jour.

Oui, mais en attendant, dans notre humble séjour

Où tout n'est que mystère et croyance incertaine,

Nous ignorons le but de l'existence humaine.

Sages de tous pays, penseurs de tous les temps

Cherchent à découvrir ce but depuis longtemps.

Chacun veut déchiffrer une page du livre.

Pour l'un l'homme est esclave et la mort le délivre,

Pour l'autre il est le roi de la création

Et tout a reconnu sa domination ;

L'un adore la nuit et l'autre la lumière ;

D'Olbach fait obéir l'esprit à la matière ;

Démocrite, niant et la cause et l'effet,

S'écrie aveuglément : Le hasard a tout fait !

Et Pythagore, enfin, ne veut croire qu'aux nombres.

Systèmes ténébreux, rêves profonds et sombres

Où l'on marche à tâtons depuis l'éternité,

Sans voir briller un seul éclair de vérité !

O savants ! ô penseurs ! continuez la tâche !

A découvrir le vrai travaillez sans relâche.

Explorez de nouveau les déserts inconnus,

Dans la savane aride et sur les sables nus,

Sous le tropique ardent, dans les glaciers du pôle,

Partout où vous conduit le doigt de la boussole ;

Creusez les monts, percez les durs flancs du rocher,

Au fond des vastes mers sans cesse allez chercher

Le sens mystérieux de cette énigme obscure

Que dans son sein immense enfouit la nature.

Courage ! mesurez du levant au couchant

Les campagnes du ciel, comme on arpente un champ ;

Calculez et pesez, comme dans la balance,

Les astres dans le grand plateau de la science ;

Apprenez le secret de leur attraction

Et comment s'accomplit la gravitation ;

Dans l'infini profond braquez le télescope,

Cet œil démesuré d'un monstrueux cyclope;

Fouillez de vos regards les ombres de l'azur,

Cherchez avidement dans cet abîme obscur :

Que voyez-vous surgir derrière ces grands voiles

Qui s'écartent parfois ? Des soleils, des étoiles,

Des groupes inconnus, des constellations

Dont on n'a pas prévu les révolutions;

Des comètes traînant leurs effroyables queues

A travers les splendeurs des immensités bleues,

Et puis, là-bas, toujours un confus horizon

Qui recule devant les yeux et la raison,

Où vous ne voyez plus que pâles nébuleuses,

Mondes en fusion, lueurs crépusculeuses

Qui ne sont pas la nuit et ne sont pas le jour,

Et qui seront plus tard des astres à leur tour !

Et puis d'autres soleils et d'autres satellites

Qui parcourent sans fin leurs effrayants orbites,

Invisibles pour nous, mais qui sont, dans les cieux,

De quelque autre univers les pivots radieux ;

Car l'échelle grandit et s'allonge , à mesure

Qu'on monte les degrés de l'immense nature,

Ces degrés flamboyants de l'échelle de feu

Qu'un prophète voyait s'élever jusqu'à Dieu !

Hélas ! vous aurez beau, de planète en planète,

Promener des mortels la science incomplète ;

Vous aurez beau chercher dans l'espace profond,

Votre regard jamais n'en trouvera le fond.

Ce sera comme un lac où l'on jette la sonde

Et dont on a troublé la pureté de l'onde,

Où le regard ne peut rien découvrir, rien voir,

Sinon l'azur d'abord et puis le gouffre noir ;

Puis chaque bulle d'air qui, pour trouver sa place,

Du sein des flots dormants remonte à la surface.

Dans le grand lac des cieux , insondable et sans bord,

Les soleils rayonnants sont les globules d'or.

On en voit chaque jour quelques-uns apparaître ;

Mais que d'autres encor que l'on ne peut connaître,

Qui resteront toujours dans la nuit enfouis

Et ne luiront jamais à nos yeux éblouis !

Et cependant cherchez et doutez, car le doute

De grandes vérités nous prépare la route;

Mais la négation est un arbre sans fruit.

Interrogez l'aurore, interrogez la nuit :

Si Dieu n'existe pas, pourquoi notre pensée

S'élève-t-elle ainsi, vers les cieux élancée ?

Quelle est donc cette voix que l'on entend toujours

Dans les rauques soupirs, les hennissements sourds

De ce coursier ardent que l'ouragan déchaîne ?

Dans le gouffre profond où le ravin entraîne

Le torrent bouillonnant dont l'écume jaillit

En cascade bruyante et blanche de son lit ?

Partout ! sur les rochers, sur les grèves désertes

Où la mer a laissé des débris d'algue verte,

Où la plainte du vent et la plainte du flot

Meurent amèrement dans un dernier sanglot ?

Et, quand l'éclair jaillit des fentes du nuage,

A travers les éclats de rire de l'orage,

Quelle est la rude main qui courbe les grands bois

Et les force à ployer tous leurs troncs à la fois ?

Qui donc peut imposer silence à la nature,

La nuit, qu'on n'entend pas le plus petit murmure,

Que, blotti dans son nid, l'oiseau ne chante plus,

Qu'aucun frisson ne court dans les seigles touffus ?

Et, quand tout est silence et ténèbres, que l'ombre

A tout enveloppé dans son horizon sombre,

Que plaines, bois, vallons et coteaux confondus

Nagent confusément dans le lointain perdus,

Qui donc allume ainsi, comme un double symbole,

En haut l'astre splendide, en bas la luciole ?....

ÉPITRE A M. VEUILLOT.

Eh quoi ! cette plume bénite,
Veuillot, lasse de s'escrimer
En prose vulgaire et confite,
Tout à coup s'est mise à rimer ?

Miracle ! votre âme, saisie
Du saint transport des insensés,
Verse des flots de poésie
Dont nous sommes éclaboussés..

N'est-ce pas, n'est-ce pas, saint homme,

Lorsque descend le feu sacré,

Ce n'est pas du ciel, c'est de Rome

Que vous vous sentez inspiré?

Sous la voûte des sacristies,

Troubadour de la papauté,

Tout en grignotant des hosties,

Vous rêvez l'immortalité.

De ses ailes lavant la crasse

Dans l'eau vierge des bénitiers,

Votre muse vole au Parnasse

Dont Boileau garde les sentiers.

Pour apprivoiser ce Cerbère,

Il vous aura suffi, je crois,

D'un pain bénit, d'une prière,

Et d'un humble signe de croix.

Et maintenant que sur les cimes

Vous planez d'un vol radieux ;

Maintenant qu'aux mortels infimes

Vous parlez la langue des Dieux,

Par votre maître saint Ignace,

Si quelqu'un rit de vos leçons,

Avec la satire d'Horace,

Corrigez-moi ces polissons.

Pour convertir les incrédules,

Toute insulte est de bon aloi.

Ce n'est qu'à grands coups de férules

Que l'on peut ramener la foi.

Puisque l'on néglige la messe,

Changez la lyre en goupillon ;

Conduisez la foule à confesse,

Comme on mène un bœuf au sillon.

Et puis, tournant la manivelle,
Sur le régime d'autrefois
Modulez une ritournelle
A la louange des vieux rois.

Traduisez en hymnes lyriques
Vos regrets, à peine étouffés,
Sur l'époque où les hérétiques
Cuisaient dans les auto-da-fés.

Et même j'espère, ô poète,
Qu'embouchant l'épique clairon,
Vous nous chanterez la Salette
Dans le goût d'Alexis Piron.

Ou bien votre muse pudique,
En égrenant son chapelet,
Crachera son fiel satirique
Sur les danseuses de ballet.

Vous nous direz comment on ose
Lever la jambe à l'Opéra,
Comment l'œil fasciné se pose
Sur des mollets et cætera.

Et du coup, lançant l'anathème
Sur le siècle et sur le progrès,
Vous finirez votre poème
Par un Mané, Thécel, Pharès !

Car vous êtes de ces génics
Qui fredonnent sur tous les tons ;
Aussi bien que les litanies
Vous connaissez les *Mirlitons*.

Tantôt faisant des pirouettes,
Tantôt tombant sur ses genoux,
Parlant la langue des prophètes,
Ou le jargon des guilledoux,

Votre muse, d'une aile agile,

Entre un *Pater* et le cancan,

Va des ombrages de Mabile

Aux noirs dômes du Vatican.

Ceignez vos reins, bouclez l'agrafe

De votre harnais clérical.

Près de l'autel Pégase piaffe,

A cheval, Veuillot, à cheval!

Ah! fi des poëtes profanes!

Régnez seul au sacré vallon,

Et que les frocs et les soutanes

Proclament Veuillot-Apollon.

Bientôt toute la gent dévote

Viendra baiser pieusement

Un pan de votre redingote,

O vengeur du Saint-Sacrement !

Barde ennemi de l'hérésiarque,

Le pape vous couronnera,

Et le triomphe de Pétrarque

Devant le vôtre pâlira.

Bardes du mois d'avril, rossignols et fauvettes,

Vous êtes plus heureux cent fois que les poètes.

Sous les feuillages verts vous chantez tout le jour,

Et la forêt frissonne à vos refrains d'amour.

Fleurs, brins d'herbes, ruisseaux, grottes sont à l'écoute,

La brise en murmurant les répand sur sa route,

Et l'écho par l'écho de nouveau répété

Les redit à la plaine en toute liberté.

Vos inspirations s'épanchent sans mesure ;

Tristes, gais ou railleurs, vous bravez la censure.

Lorsque vous vous plaignez, nul ne dit : Halte-là.

On ne vous met jamais en prison pour cela.

A UN JEUNE AVEUGLE.

Ami, nous nous apitoyons
Sur tes orbites sans lumière ;
Le beau soleil que nous voyons
N'éclaire pas de ses rayons
Les ténèbres de ta paupière.

Ni nos sourires, ni nos pleurs
Dans tes yeux ne se réfléchissent.
Tout t'échappe : forme et couleurs,
Et si tu devines les fleurs
C'est que leurs parfums les trahissent.

Mais aussi tu n'aperçois pas

Nos hontes et nos ridicules :

Des gens qu'on trouve à chaque pas

Etalant avec grand fracas

Leurs écus ou leurs particules.

D'autres, pareils à Giboyer,

Qui, glanant partout leur pâture

Et vendus à qui veut payer,

Lèchent la fange pour frayer

La route à leur progéniture.

D'autres encor, masques hideux

Et grimaçants d'hypocrisie

Qui prennent un ton dédaigneux

Pour dissimuler de leur mieux

Le remords d'une apostasie.

Et ceux qui vont à l'unisson,

Pauvres comparses dont le rôle

Est de répéter la leçon

Et d'accompagner sans façon

Tout char qui monte au Capitole.

Voilà nos spectacles à nous,

Voilà la foule qu'on coudoie

Et qui nargue et traite de fous

Même en rampant sur ses genoux

Ceux dont le front jamais ne ploie!

La gloire? — J'ai cherché dans l'ombre du passé,

Partout où brille un nom que n'a pas effacé

L'ongle fatal du temps, qui souvent endommage

Le livre de l'histoire à sa plus belle page ;

J'ai cherché le secret qui fait les hommes grands,

Parmi les demi-dieux, les rois, les conquérants,

Et parmi les savants et parmi les prophètes.

Mais surtout j'ai cherché parmi vous, ô poètes,

Vous les grands inspirés! — partout j'ai vu les fronts

Saigner sous leur laurier d'angoisses et d'affronts.

C'est une loi fatale. Il faut que l'âme humaine

Souffre avant de créer, comme il faut que la plaine

Endure dans ses flancs l'âpre tranchant du fer

Et les noirs ouragans qui flagellent, l'hiver,

Sa glèbe nue, avant de devenir féconde

Et d'épandre au soleil sa chevelure blonde.

Quand le chef-d'œuvre éclot, d'âcres émotions

L'ont nourri de leur suc ; le soc des passions

A labouré longtemps le champ de la pensée,

Terre par la douleur poignante ensemencée

Que le poète doit arroser de ses pleurs,

Pour ne cueillir souvent que de bien maigres fleurs !

Le génie est toujours un triste et dur martyre.

C'est Le Tasse au cachot ; c'est le jeune Shakespeare,

Aux portes d'un théâtre écoutant les bravos

Des riches dont il reste à garder les chevaux ;

C'est le Dante abîmé dans sa sombre souffrance

Et pleurant dans l'exil l'image de Florence ;

C'est Molière allumant la gaîté dans un vers

Et vivant sous son toit comme dans les enfers,

Salué du public par des éclats de rire,

Tandis qu'il sent en lui la mort qui le déchire;

C'est Gilbert fou ; Chénier que l'on jette au bourreau

Ainsi qu'un malfaiteur ; Hégésippe Moreau

Que la faim pas à pas conduit au cimetière,

Et qui n'a d'autre abri que l'hospice ou la bière!

Tous ont souffert, tous ont gémi : depuis Milton,

Depuis Schiller, depuis Savage et Chatterton,

Et depuis Cervantès, Camoëns et Sophocle,

Ceux que la renommée a posés sur son socle,

Ceux qui, suivant le cours du fleuve Éternité,

Vont jeter l'ancre un jour dans la postérité;

Nourrissons que la muse abreuve à sa mamelle

Et que l'ardent génie emporte sur son aile,

Comme l'aigle farouche emporte en son rocher

Les petits que sa serre au nid vient d'arracher;

Race qui vit d'amour, de gloire et de misère,

Dont la souche remonte au mendiant Homère!

LES HIRONDELLES.

Quand je vous vois partir, légères hirondelles,
Qui, loin de nos climats fuyant à tire-d'ailes,
Allez chercher un ciel plus riant et plus doux,
Souvent je me suis dit : — Beaux oiseaux de passage,
Je voudrais bien aussi faire ce long voyage ;
Oh! je voudrais avoir des ailes comme vous.

Des ailes comme vous, pour traverser l'espace,
Pour fuir dans l'infini que mon regard embrasse ;
Vers ces pays lointains aux brûlantes saisons
Que de ses chauds rayons l'ardent soleil caresse,
M'en aller, parcourir le monde et voir sans cesse
Devant moi se lever de nouveaux horizons.

Tout est triste chez nous, quand vient la pâle automne.

La campagne est en deuil, la vie est monotone.

Plus de fleurs balançant leur calice entr'ouvert;

Plus de gais rossignols gazouillant dans les branches;

Le soleil, tout le jour noyé de vapeurs blanches,

Semble annoncer déjà les neiges de l'hiver.

Les champs sont dépouillés de leur toison dorée;

La forêt flotte au loin, pâle et décolorée,

Comme un vieux vêtement qui tombe par lambeaux;

La froide bise pleure avec un sourd murmure,

Et sur les rameaux noirs des arbres sans verdure,

Posent sinistrement les lugubres corbeaux.

Oh! je voudrais alors suivre en son vol rapide

L'oiseau dont le soleil est le radieux guide;

Qui va recommencer ses amours, sa chanson,

Sous un climat de feu, sans brumes et sans ombres,

Dès qu'il a vu le ciel couvert de teintes sombres,

Dès qu'il a de l'hiver senti l'âpre frisson.

Quand elles vont partir, leur troupe se rassemble
Sur l'arbre du chemin qui grelotte et qui tremble,
Comme un vieillard caduc, au souffle des autans.
On les entend causer et babiller entre elles
Doucement, gravement ; puis un battement d'ailes
Les emporte là-bas, là-bas vers le printemps !

Que leur importe alors les toits que l'homme habite,
Et le donjon farouche et la tour décrépite
Où restent suspendus leurs nids, le long du mur ?
Il leur faut le soleil, il leur faut l'espérance,
Il leur faut le ciel bleu profond, limpide, immense,
Abritant les prés verts sous sa tente d'azur.

Ces joyeux émigrés de nos campagnes tristes
Passent à l'étranger ; ces bienheureux touristes
Vont visiter des lieux où l'aube brille encor.
Ils s'en vont devant eux, où leur instinct les pousse ;
Ils s'en vont où le sol se parfume de mousse,
Ils s'en vont où l'été sourit dans les blés d'or.

Ma préface est très-courte, et je veux qu'on la lise.

Ne me reprochez pas d'avoir commis un vol,

Si j'imite Musset ou Byron; ma franchise

Me fera pardonner cette faute commise.

Pas à pas, poursuivant leurs traces sur le sol,

Je glane les épis tombés, et je m'amuse

A bégayer les chants de leur fantasque muse,

Comme un moineau bavard imite un rossignol.

ANTONIO

ESQUISSE.

Lecteur, je vous demande un peu de patience,

S'il vous plaît d'écouter jusqu'au bout mon récit.

D'abord notre héros n'est pas un roi de France

Ou par droit de conquête, ou par droit de naissance.

Je ne le ferai pas descendre des Couci,

Ni de Charles-Martel, ni des Montmorenci.

Seulement il est jeune, et, ma foi, la jeunesse

Vaut, soit dit entre nous, des lettres de noblesse.

Béranger s'est flatté, dans un charmant couplet,

D'être vilain — ce qui vaut mieux que d'être laid.

Notre héros n'est donc pas fils d'une comtesse,

Non qu'il soit un croquant, oh ! non pas, s'il vous plaît !

Il pourrait comme un autre être fier de ses pères,
Et la France n'a pas à rougir des Chauvins,
Famille de bourgeois qui compte trois notaires,
Un juge, un procureur, bon nombre d'échevins
Au temps du vieux régime, et depuis, quatre maires,
Et certes ce ne sont pas là des titres vains.

Or, le dernier venu de cette illustre race,
C'est Antoine Chauvin, — en style de roman
On dit Antonio plus pittoresquement.
Mais, alors, direz-vous, serait-ce un Lovelace?
Un Faublas? un Don Juan? Ah! permettez, de grâce!
Lecteur, ne forçons pas le trot de la jument,

Ou plutôt du cheval, car Pégase sans doute
Est un individu du sexe masculin.
Mais, hélas! ce n'est plus un bien jeune poulain.
C'est maintenant un vieux roussin qui flaire et broute
Les bouquets de chardon tout le long de la route,
Comme un mulet fourbu qui retourne au moulin.

Lecteur, si vous voulez faire un peu connaissance

Avec Antonio, donnez-moi tout le temps

D'achever son portrait. D'abord il a vingt ans ;

C'est dire qu'il a fait à peu près sa croissance,

Et sait se cravater tout seul depuis longtemps,

Ce qui pourtant exige une grande science.

Je ne vous dirai pas que son œil est plus noir

Et plus rempli d'éclairs que le sombre nuage

Qui monte à l'horizon dans une nuit d'orage ;

Que son cœur est — scellé par un triple fermoir —

Un livre dont la main pâle du désespoir

A de remords hideux barbouillé chaque page.

Je ne vous dirai pas qu'il ressemble à Lara ;

Qu'il a pour suite un page à l'œil mélancolique ;

Qu'il habite une tour dans un manoir gothique

Qui peut-être au premier coup de vent croulera,

Et que le diable, un jour, chez lui l'emportera,

Comme Faust ou Manfred, — c'est par trop fantastique !

Non ; notre Antonio, comme je vous l'ai dit,

Est un charmant jeune homme à la taille bien prise ,

Qui, comme vous ou moi, se parfume et se frise,

Brosse infailliblement le col de son habit

Et met tous les matins une blanche chemise.

Vous voyez qu'il n'a pas la mine d'un bandit.

Un jeune homme parfait, rempli d'intelligence,

Et beau comme un berger des rives de l'Adour.

Mais nous y reviendrons; chaque chose a son tour,

Et si vous voulez bien, parlons de son enfance.

Quant au nom du pays qui lui donna le jour,

Je crois avoir le droit de garder le silence.

Sachez donc, ô lecteur, que Germinal Chauvin,

Père de mon héros, est un bon poitevin

Digne de ses aïeux, un rentier honorable

Qui fait quatre repas, demeure une heure à table,

Et par sobriété met de l'eau dans son vin,

Comme doit faire enfin tout homme respectable.

Cet honnête bourgeois ne s'inquiète pas
Si l'on peut se parler de France en Amérique,
Par le moyen d'un câble et d'un fil électrique,
Ni comment le Grand-Turc gouverne ses États.
Bien qu'il lise parfois les gazettes, hélas !
Il n'a jamais compris un mot de politique.

Depuis deux fois trente ans, il a vu le pouvoir
Passer dans bien des mains, mais qu'il soit blanc ou noir,
Cela n'importe guère au bourgeois cacochyme.
S'enrichir avant tout, tel fut son seul devoir.
La main sur ses écus, toujours le doux régime
Qui fait hausser la rente a gagné son estime.

Certes il n'aime pas la révolution,
Et craint toujours de voir l'hydre de l'anarchie
Venir le tourmenter dans sa digestion.
Même il grogne parfois contre l'instruction
Qu'il nomme le fléau de la classe enrichie.
Son idéal, c'est l'ordre avec la monarchie.

Mais son grave souci, c'est de savoir comment

Son fils se tirera d'affaire en ce bas monde :

Sera-t-il avocat? ou notaire? Un moment

Doit venir où sans doute il faudra qu'il réponde

Et dise quelle place irrévocablement

Il désire occuper sur la planète ronde.

Or donc, Antonio, dès l'âge de huit ans,

Fut mis dans un collége; il rumina Virgile,

Horace et Loriquet, en élève docile.

Il faisait du français un peu, par passe-temps,

Et remportait parfois des succès éclatants

En récitant par cœur quelques vers de Delille.

Bientôt on s'aperçut que son jeune menton

Se couvrait maintenant de poils noirs, ô miracle!

Et se rembrunissait sous ce léger coton.

Or, la barbe au collége est un nouveau spectacle,

Et celui qui la porte est pour tous un oracle

Cent fois plus respecté que Nestor ou Caton.

14

La barbe — j'en pourrais citer plus d'un exemple —

Fut partout un objet de vénération.

En Grèce, on contemplait avec dévotion

Certaine barbe d'or qu'on plaça dans le temple.

Les Romains se rasaient, c'est une exception ;

Mais Abraham portait une barbe très ample.

Et bien d'autres encor qui font autorité.

Un barde d'Albion, un jour de patience,

A décrit poil par poil, nuance par nuance,

La barbe d'Hudibras flottant en liberté.

Enfin Molière dit avec sagacité :

Du côté de la barbe est la toute-puissance !

Et Molière a raison. — Antonio croissait

A l'ombre du collége, ainsi que sous un chêne

Grandit un champignon dans la forêt prochaine.

C'était un vrai phénix ; sa tête s'emplissait

D'esprit et de science, et sa barbe poussait.

A vingt ans, ses talents se comptaient par douzaine.

Il savait là musique et pas mal de dessin,

Parlait grec et latin, — comme je parle étrusque,

Même il faisait des vers droits comme un fantassin,

Mais pas de politique ; un journal est malsain,

Et le gouvernement à bon droit s'en offusque,

Quand un penseur lui fait une leçon trop brusque.

Les jeunes gens ont-ils donc besoin de savoir

Ce qu'on va faire à Rome, à Pékin, au Mexique,

Et de quelle façon se conduit le pouvoir ?

Pourquoi songeraient-ils à la dette publique ?

Monsieur Fould est payé largement pour y voir.

Qu'on s'amuse, cela vaut bien la politique !

Au diable les ennuis de la réflexion !

Penser, chercher, cela vous trouble la cervelle.

Un cigare, un roman de l'école nouvelle,

Voilà qui forme au moins la génération !

Soyons indifférents, puisque la mode est telle :

Qu'a-t-on besoin d'avoir une conviction ?

Une conviction à laquelle on s'attache !

Consciencieusement, mais il faut être fou,

Et l'homme qui se met pareille pierre au cou

Ne peut jamais prétendre aux faveurs, que je sache !

Puis, c'est très mal porté ; j'en appelle à Sardou :

Quiconque est d'un parti n'est plus qu'une ganache !

L'esprit séditieux de nos mœurs est banni.

Si nous avons parfois quelque brouillamini,

C'est à propos d'un duel ou bien d'une danseuse ;

Or une telle émeute est fort peu dangereuse.

Ah ! l'on ne se bat plus pour ou contre Hernani,

Notre siècle a perdu sa flamme belliqueuse.

O penseurs ! ô lutteurs ! — Comme le temps est loin

Où, transformant la France en champ-clos littéraire,

Romantiques frappant la langue au nouveau coin,

Classiques épilant leurs phrases avec soin,

Guelfes et Gibelins d'une nouvelle guerre

S'arrachaient les cheveux par-dessus la grammaire !

Respectons, respectons ces héroïques preux

Dont le noble courage et l'esprit valeureux

Seront l'étonnement de la race future.

La paix est faite; un tas d'alexandrins poudreux,

Cadavres mutilés et froids, sert de clôture

Au temple de Janus de la littérature.

L'on sera pour jamais amis dorénavant.

Mais que d'encre a jailli du fond de l'écritoire !

Que d'illustres martyrs oubliés par l'histoire !

Que de feuillets noircis emportés par le vent!

Et que d'in-octavos, destinés à la gloire,

Que l'épicier du coin en cornets nous revend!

Le destin est ainsi; lorsque la guerre est faite

Et que les généraux font l'appel des soldats,

Il en est des milliers qui ne répondent pas;

Les chefs mêmes parfois tombent dans la défaite.

On ne peut, dit-on, faire une bonne omelette

Sans casser d'œufs. — Pleurons les victimes, hélas !

Mais si les uns sont morts, il en survit encore

De ces fiers novateurs dont la postérité

Répétera le nom. Lorsqu'ils ont ajouté

Une corde nouvelle à leur lyre sonore,

Nous avons vu s'ouvrir les portes de l'aurore

Et l'art à larges flots nous jeter sa clarté.

Les chefs du romantisme ont découvert un monde.

Lorsque nous explorons cette création,

Nous nous sentons petits, la terreur nous inonde;

Un vent religieux sous la forêt profonde

Passe, en faisant frémir la végétation,

Et nous courbe le front sous l'admiration.

Cette luxuriante et puissante nature,

Où des aigles géants à l'immense envergure

Montent d'un vol superbe au céleste pourpris,

Nous fait prendre en pitié notre littérature

Qui produit chichement, dans ses champs appauvris,

Avec de maigres fleurs, des arbres rabougris.

Ah ! pauvres mécréants du hideux réalisme,

Qui sacrifions tout au culte de Mammon,

Nous avons étouffé l'art sous le prosaïsme.

Nos aigles dans l'égoût du matérialisme

Barbottent tristement et méritent le nom

Des oiseaux autrefois consacrés à Junon.

Antonio sortit du collége à cet âge

Qu'on regrette toujours, quand il s'est envolé.

Vingt ans ! La vie alors est un charmant mirage,

Une verte oasis dont le frais paysage

Semble flotter là-bas, vers l'horizon voilé,

Et qu'on trouve plus tard aride et désolé.

Mais il n'est pas besoin de s'attrister sans cause.

Nous en sommes encore à l'illusion rose.

Ne précipitons rien ; il sera toujours temps

D'imprimer le regret à la face morose

Sur le front radieux d'un enfant de vingt ans.

Pendant qu'il rit encor, jouissons du printemps.

Quand on voit le ballon qui dans les airs s'élève,

On ne s'informe pas si l'enveloppe crève

Et s'il retombe après sur notre sol impur.

Quand on voit le vaisseau s'éloigner de la grève,

Qu'importe si plus tard, loin de nos flots d'azur,

Il ira s'abîmer dans quelque gouffre obscur !

Laissons donc, laissons donc nos rêves de jeunesse

Voguer en pleine mer vers les pays aimés.

Le vent des nuits soupire et verse à flots l'ivresse ;

On respire l'amour sous les cieux embaumés.

Chaque brise, en passant, nous donne une caresse,

Et l'air tiède est rempli de baisers parfumés.

Qu'il est bon d'être jeune et qu'il est doux de vivre,

De sentir dans son cœur palpiter le désir,

D'être plein d'espérance et de pouvoir choisir

Parmi tous les sentiers de la vie, et de suivre

Ce brillant feu-follet qu'on nomme le plaisir,

Et d'avoir un cheval, une maîtresse, un livre !

Antonio n'avait pas de maîtresse encor.

Il avait un cheval, et sa bibliothèque

Des livres renommés cachait la mine d'or :

Livres français, latins, littérature grecque ;

Mais il n'abusait pas du précieux trésor,

Laissant près de Platon dormir en paix Sénèque.

Cependant il rêvait le baccalauréat,

Et, sans trop préciser de toutes les carrières

Celle qu'il doterait un jour de ses lumières,

Il songeait vaguement à se faire avocat,

Puis, plus tard, son bonnet carré de magistrat

Lui devait abaisser les plus hautes barrières.

Il se levait fort tard, donnait un court moment

A sa toilette, un autre à la philosophie,

Faisait de la musique ou lisait un roman.

Le temps est bien moins long, s'il se diversifie ;

Et, pour goûter de tout apparemment,

Il apprenait la boxe et la chorégraphie.

A le voir à cheval, on eût dit qu'il était

Membre du Jockey-Club; il posait sa cravache

Sur sa cuisse et mâchait le bout de sa moustache,

Se cambrait fièrement sur la hanche et portait

La tête haute, avec un petit air bravache;

Sous sa tempe, à ravir son lorgnon s'adaptait.

A quoi bon, direz-vous, si l'on n'est pas myope,

Se poser niaisement cet emplâtre sur l'œil?

Plus d'un fat ridicule affecte, par orgueil,

D'avoir des yeux petits comme des yeux de taupe,

Et se donne le genre, en leur faisant accueil,

D'examiner les gens ainsi qu'au microscope.

C'est bête. Pour ma part, je crois que franchement

On devrait regarder les autres au visage.

Les yeux nous sont donnés pour qu'on en fasse usage.

Mais Antoine Chauvin pensait tout autrement.

On lui pardonnera ce travers, car vraiment

Il valait encor mieux que certains de son âge.

Il aimait les oiseaux, les arbres et les fleurs.

Sans prendre à tout propos un masque d'ironie,

Il savait compatir à toutes les douleurs,

Et ne se gênait pas pour verser quelques pleurs

En lisant les amours de Paul et Virginie.

Mais ce qui le troublait dans ses nuits d'insomnie,

C'étaient deux yeux d'azur qu'il avait vus parfois,

Comme deux astres purs, briller de sa fenêtre ;

C'était un front rêveur qu'il voyait apparaître,

Comme une vision séraphique; une voix

De femme dont l'accent triste et doux faisait naître

Un charme qui gagnait tous ses sens à la fois.

Dans la maison d'en face habitait Joséphine,

Epouse du marquis de T***; jeune Rosine

Qui n'avait pas encor trouvé d'Almaviva,

Mais dont le Bartholo n'avait que trop la mine

D'un mari complaisant, — un type qui s'en va

Devenir bien commun. — Or donc il arriva...

Mais je veux vous conter l'histoire du bonhomme,

Avant d'aller plus loin ; c'est une occasion

D'ajouter quelques vers à ma narration.

Je n'abuse pas trop du privilége, en somme.

On me pardonnera cette digression ;

D'ailleurs, si vous voulez, vous pourrez faire un somme.

Vous m'accorderez bien, cela n'est pas douteux,

De jeter un coup-d'œil dans la salle enfumée

Du café ***; c'est le soir. La foule accoutumée

S'y trouve réunie : on y voit des goutteux,

Des joueurs, des buveurs ivres, de la fumée,

Un billard sans tapis, des tabourets boiteux.

Mais ce qui doit frapper le regard davantage,

C'est cet homme au front chauve, à moitié décrépit,

Qui, tout seul dans son coin, sirotte sans répit

Son verre à demi plein d'un verdâtre breuvage.

Une barbe graisseuse envahit son visage,

Et son œil presque éteint clignotte et s'assoupit.

On voit qu'il va bientôt succomber à l'ivresse ;

Sa joue est cramoisie et son nez violet.

Sa tête appesantie en sommeillant s'affaisse.

L'absinthe et le tabac maculent son gilet ;

Son habit de drap fin, frippé par la vieillesse,

Annonce dans sa mise un désordre complet.

Autrefois, ce marquis était beau, jeune, riche ;

Il avait feuilleté six ans le lexicon.

Il savait que César passa le Rubicon,

Que Sertorius allait consulter une biche,

Que Cicéron avait sur le nez un pois chiche,

Qu'Annibal était borgne, Henri IV, gascon.

En un mot, il s'était, selon le vieil usage,

D'un vernis littéraire enduit tant bien que mal.

Puis, à la capitale il alla faire un stage,

Fréquenta les gandins, parla femme, cheval,

Et prit bientôt les mœurs de ce troupeau banal

Qui prétend gouverner la mode et le langage.

Il regardait Paris comme un grand abreuvoir
Qui devait étancher la soif insatiable
De ses ardents désirs ; mais ce fut le miroir
Où l'alouette va, joyeuse, pour se voir,
Sans seulement songer au filet redoutable
Que tend au fol oiseau l'oiseleur implacable.

Dans les piéges du vice il donna front baissé,
Et, suivant les plaisirs dont le cortége entraîne,
Séduit par les appas de plus d'une Sirène,
Subit l'enchantement des modernes Circé,
Comme les compagnons d'Ulysse — l'insensé ! —
Excepté qu'il garda presque la forme humaine.

Il vécut là dix ans qui lui semblèrent courts,
Dans l'étourdissement d'une énervante ivresse.
Hélas ! il dépensa les plus beaux de ses jours,
Sa santé florissante et sa verte jeunesse,
Et quand il s'en revint, la précoce vieillesse
Avait flétri sa vie et son cœur pour toujours.

Les passions avaient ravagé son visage.

Blasé sur les plaisirs, les femmes et le jeu,

Il prit possession du brillant héritage

Qu'un parent lui laissait par la grâce de Dieu,

Et, sentant l'appétit lui revenir un peu,

Il voulut un beau jour goûter du mariage.

Car il se rappelait que, lorsque Dieu tira

Une femme d'un corps pétri de terre glaise,

Il dit : Il n'est pas bon que l'homme, et cætera...

Raison qui peut aux uns sembler bonne, et mauvaise

Aux autres... Le lecteur lui-même en jugera,

S'il ne veut sur parole en croire la Genèse.

Il se maria donc. Il avait soixante ans

Alors ; c'étaient trente ans de trop. La jeune fille,

Sans aucun doute, était d'une bonne famille.

Ajoutez qu'elle avait de grands yeux éclatans,

La bouche fraîche ainsi qu'une fleur de printemps,

La taille fine : enfin elle était fort gentille.

16

Mais elle était fort jeune aussi, bien entendu,

Car il faut aux vieillards, pour rajeunir leur sève,

Comme on greffe un rameau vert sur un tronc chenu,

Une vierge timide arrachée à son rêve.

Elle avait dix-sept ans, à peu près l'âge d'Ève,

Quand le serpent la fit mordre au fruit défendu.

Quand sa mère lui vint parler d'un mariage

Avec Monsieur de T***, brave homme aux cheveux gris,

Qu'on disait le meilleur parti du voisinage,

La pauvre Joséphine ouvrit des yeux surpris,

Comme ferait quelqu'un qui n'aurait pas compris.

Elle ne songeait pas à se mettre en ménage.

Lectrice, je suppose, et l'on peut bien un peu,

Du moins en pareil cas, supposer ce qu'on veut.

— D'ailleurs, pardonnez-moi, si je vous humilie. —

Je supposerai donc que vous êtes jolie,

De plus vous êtes sage et vous croyez en Dieu ;

Vous êtes, en un mot, une fille accomplie.

Toute petite encore, on vous mit au couvent;

Là vous avez appris un peu de catéchisme,

A dire : *Ave Maria,* sans faire un barbarisme.

C'est juste ce qu'il faut ; si l'on est trop savant,

On risque de tomber dans le philosophisme,

Et Dieu sait où cela nous entraîne souvent !

A quoi vous servirait d'apprendre, jeune fille,

Si la terre voyage ou si c'est le soleil ?

Et pourquoi pour des riens troubler votre sommeil ?

Si vous savez danser et manier l'aiguille,

De votre confesseur écouter un conseil ,

Vous pouvez être épouse et mère de famille.

Eh bien, supposons donc que votre mère, un jour,

Vienne vous proposer un mari convenable

Et riche, un peu marquis, un peu sur le retour,

Mais qui de digérer soit encore capable,

Vous ferez bien la moue au galant vénérable,

Mais vous accepterez enfin à votre tour.

De même Joséphine obéit à sa mère.

La noce se passa fort agréablement.

On avait au dîner prié monsieur le maire,

Lequel aux deux époux chanta gaillardement

Un couplet égrillard, sur un air débonnaire,

Dont le refrain fit rire aux larmes la maman.

On a dit qu'au matin, la jeune mariée

Avait, en se levant, paru contrariée.

Pourquoi? les chroniqueurs n'en disent pas plus long.

Dois-je les imiter en tous points? C'est selon;

Mais pour vous rassurer, ô lectrice effrayée,

Je clos ce paragraphe et je pose un jalon.

J'ai donc fait le croquis de chaque personnage.

C'est, pour nous exprimer en classique langage,

Ce qu'on peut appeler une exposition.

Nous arrivons enfin au nœud de l'action,

Le plus intéressant, je le dis sans ambage,

Et le plus digne aussi de votre attention.

Notre marquis n'était pas fait pour l'hyménée,

Et la lune de miel fut un astre fatal

Qui lui pronostiqua sa triste destinée.

Il ne put respirer sous le toit conjugal;

Aussi commença-t-il, dès la première année,

A chercher dans l'absinthe un remède à son mal.

L'absinthe! vil poison, liquide amer et rance

Qui donne la nausée et pue horriblement,

Et que pourtant l'on boit voluptueusement.

Ayez des facultés, ayez l'intelligence,

Pour les anéantir dans un verre, ô démence!

Et vous plonger si bas dans l'abrutissement.

Nous nous moquons des Turcs qui bercent leur délire

En fumant l'opium et le hatschic, très bien!

Mais nous avons l'absinthe et le tabac, c'est pire!

Corrigeons nos défauts, alors nous pourrons rire

De ce peuple hébété qui nous appelle chien,

Et qui, d'après Musset, cependant nous vaut bien.

Musset! J'ai tant aimé ta poésie étrange,

J'ai tant aimé tes vers, oiseaux capricieux

Qui s'élèvent parfois d'un seul vol jusqu'aux cieux,

Et qui, l'instant d'après, retombent dans la fange,

De sorte qu'on les croit tantôt la voix d'un ange

Et tantôt d'un démon le rire audacieux;

J'ai tant aimé Rolla, don Paëz et Mardoche,

Ces nuits où ta douleur s'épand en si doux chants,

Tes proverbes si fins, tes contes si touchans,

Et dont le style sent l'esprit de bonne roche;

Je les ai tant de fois emportés dans ma poche,

Afin de les relire en parcourant les champs,

Que j'épanche ma bile en criant anathème

Sur l'absinthe qu'on dit la cause de ta mort;

Car je t'ai regretté, poète, car je t'aime,

Et je sens qu'un regret douloureux et suprême,

Hélas ! avait rempli ton âme jusqu'au bord,

Et que ton rire était triste comme un remord.

Il fallait qu'elle fût bien vive, ta souffrance,

Pour dévorer ton cœur, de même qu'un fruit vert

Qu'a flétri pour jamais la morsure d'un ver;

Pour t'enlever, si jeune, à la belle espérance

Et te précipiter dans cette indifférence

Qui ne t'a rien laissé, rien qu'un dédain amer!

Le marquis se levait, le matin, de bonne heure,

A l'heure où les oiseaux s'éveillent dans leur nid,

Et, sans faire de bruit, sortait de sa demeure,

Pendant que sa moitié, seule, restait au lit.

Vous croyez qu'il allait écouter ce que dit

Le rossignol qui chante ou la brise qui pleure;

Que peut-être il allait méditer à travers

Les sentiers tortueux de son parc magnifique,

Où dort un large étang au flot mélancolique

Ombragé de buissons et de beaux arbres verts;

Qu'il voulait respirer le souffle balsamique

Des roses qui montraient leurs boutons entr'ouverts.

Non pas. Clopin-clopant et presque hors d'haleine,

Appuyé sur sa canne à la pomme d'ébène,

Il marchait lentement sur l'humide pavé,

Et bientôt atteignait la porte du café ***,

Se plaçait dans un coin ; souvent c'était à peine

Dans l'établissement si l'on était levé.

Alors il absorbait un verre, puis un verre,

Demandait en bâillant le journal du lundi,

Mais sans le regarder, car il ne lisait guère.

Souvent de verre en verre il allait jusqu'à dix,

Se grisait comme un moine et rentrait à midi,

Puis revenait, le soir, recommencer l'affaire.

L'ivresse ! je comprends qu'on s'enivre de vin

Et que joyeusement on vide la bouteille.

L'ivresse en pareil cas est un plaisir divin.

Le bon papa Noé se grisait sous sa treille,

Même la bible dit qu'un beau jour il s'éveille....

Mais le reste ne peut se dire qu'en latin,

L'étiquette le veut. Ma lectrice un peu prude
Ne pourrait sans rougir lire une crudité.
Cham, voyant à son père une telle attitude,
Riait de tout son cœur; mais son père irrité,
Sortant pour un moment de sa béatitude,
Lui fit baisser les yeux devant sa nudité.

Les antiques héros de la Grèce ou d'Asie
Humaient très bien le *piot*, comme dit Rabelais,
Car Alexandre est mort saoûl comme un portefaix.
Les dieux olympiens s'enivraient d'ambroisie;
Un prince s'est noyé jadis, chez les Anglais,
Dans un vaste tonneau rempli de malvoisie.

Nos pères adoraient le doux jus du raisin.
Le claret que mûrit la zône bordelaise,
Le bourgogne et l'aï leur réchauffaient le sein,
Ils trinquaient à la ronde et se sentaient à l'aise;
Au choc des verres pleins parfois la *Marseillaise*
Mêlait l'enivrement de son brûlant tocsin.

Qu'il faisait bon alors mener joyeuse liesse !

Des vignes du seigneur chaque gai vigneron

Portait une lueur de pourpre sur le front.

Sans verve et sans entrain, aujourd'hui la jeunesse,

Triste comme un héros de Gœthe ou de Byron,

Traîne l'ennui partout, même au sein de l'ivresse.

Quand le marquis sortait du cabaret, le soir,

Assurément c'était un plaisir de le voir

Décrivant des zigzags, des courbes fantastiques,

Prenant des poses plus ou moins académiques,

Tantôt dans le ruisseau, tantôt sur le trottoir,

Et se heurtant souvent aux portes des boutiques.

Lorsque de sa demeure il arrivait au seuil,

Il levait le marteau de l'air d'un somnambule,

Entrait en tâtonnant le long du vestibule,

Puis, allait lourdement tomber sur un fauteuil.

— Et sa femme ? — Sa femme était à peu près nulle

Pour ce vieillard stupide et froid comme un cercueil.

Voyez-la maintenant, cette femme pensive

Qui, seule à son balcon, lit le roman du jour.

Son front pâle est penché comme une sensitive

Que courberait le vent; une larme furtive

Brille dans ses beaux yeux, si bien faits pour l'amour;

Et cependant tout chante et tout rit alentour.

Les oiseaux amoureux mêlent leur gai ramage

Aux soupirs de la brise et des arbres en fleurs;

De beaux insectes d'or flottent sur le feuillage;

Avril étale aux yeux ses plus fraîches couleurs,

Et le soleil sourit dans l'azur sans nuage.

— Jeune femme, pourquoi, pourquoi verser des pleurs?

Pourquoi? La vie est triste et longue est la journée,

Quand il faut la passer seule, dans un salon,

L'hiver, dans un fauteuil près de la cheminée,

L'été, l'œil sur la rue ou bien sur le vallon.

A s'ennuyer d'un bout à l'autre de l'année,

L'été comme l'hiver, certes le temps est long.

O femmes de Paris! sur les Champs-Elysées

Un attelage au Bois vous entraîne avec bruit,

Et, lorsque vous rentrez, des salles embrasées

De lustres à vos yeux font oublier la nuit.

Perles et diamants, ainsi que des rosées,

Ruissellent sur vos fronts dont l'éclat éblouit.

On cherche vos regards; chaque œil est une glace

Où vont se réfléchir vos contours assouplis;

Dans le bal tournoyant, toujours, quand elle passe,

Chacun voudrait baiser votre robe aux longs plis;

Et pourtant, dans vos cœurs de triomphes remplis,

L'ennui, le froid ennui trouve encore une place.

Mais elle qui n'a pas une distraction,

Si ce n'est le piano, l'aiguille ou la lecture,

Qui ne va pas aux bals de la sous-préfecture,

Comment se résigner à la réclusion

Et du spleen, tout le jour, endurer la piqûre?

Vieille, elle aurait recours à la dévotion;

Elle aurait un matou, voire même un caniche,
Logé dans son manchon, comme un saint dans sa niche;
Elle aurait des serins avec un perroquet,
Et quelque vieux curé, grave comme un derviche,
Qui lui viendrait parfois faire un cent de piquet,
Après le dîner; mais tout cela lui manquait.

Dans son parc ombragé d'une sombre charmille,
Les beaux jours de printemps, seule, elle se plongeait,
Et là, loin de tout bruit, souvent elle songeait
A ses rêves dorés de blonde jeune fille.
De désir en désir, son âme voltigeait,
Comme une mouche après une lampe qui brille.

Devant ses yeux passait, comme une vision,
Un jeune cavalier aux genoux de sa dame;
Leurs paroles d'amour frissonnaient dans son âme
Et la faisaient parfois pâlir d'émotion;
Puis, comme un éteignoir qu'on pose sur la flamme,
Le réel retombait sur son illusion.

Alors , elle pleurait. C'est dans cette attitude

Que notre Antonio la voyait bien souvent,

Et, le coude appuyé sur sa table d'étude ,

Il suivait du regard cette femme rêvant,

Egarée au milieu de cette solitude.

Or, comme j'ai voulu le dire auparavant,

Il arriva qu'un jour leurs regards se surprirent.

L'affaire, assurément, eut lieu bien par hasard ;

Mais comment éviter le piége d'un regard ?

Tant de fils aimantés sont là qui nous attirent !

On veut se détourner, il est déjà trop tard ;

Bref, du premier coup-d'œil nos héros se comprirent.

Je pourrais là-dessus vous faire un long récit

Que vous avaleriez par très petite dose,

Comme cela se fait dans les romans en prose.

C'est un bon moyen, mais *dies me deficit.*

Antonio mena très rondement la chose,

Et, semblable à César, *venit, vidit, vicit.*

Peut-être que Vénus — comme dans l'Enéide,

Pour embraser le cœur de la pauvre Didon —

Employa le secours de monsieur Cupidon.

Peut-être choisit-il, dans son carquois perfide,

Un de ces traits subtils dont la pointe rapide

Trouve toujours en nous quelque fatal tendon.

Car nous avons toujours un endroit vulnérable.

Dans quelque Styx glacé qu'on ait trempé nos cœurs,

Nous ne résistons pas à cette flèche aimable

Que décoche l'Amour, aux sourires vainqueurs ;

Et lorsqu'elle a touché notre chair inflammable,

Elle allume en nos sens de brûlantes langueurs.

O belle Cythérée! ô reine d'Idalie!

Parmi la marjolaine et les myrtes en fleurs,

Qu'il est doux de dormir sur ta gorge polie,

Et de boire à longs traits l'oubli de nos douleurs

Dans tes regards noyés de flammes et de pleurs!

Amour, *charme* du monde, *adorable* folie!

Je ne suis pas du tout de l'avis de Musset,

Lorsqu'il traite l'amour de folie exécrable.

Il avait ses raisons, c'est assez vraisemblable;

Mais l'on a beau, d'ailleurs, ainsi que chacun sait,

Crier et blasphêmer contre l'amour, ce diable

D'oiseleur tôt ou tard vous prend à son lacet.

Que de gens s'y sont pris, depuis Sardanapale

Et le roi Salomon! les fameux conquérants,

Tous les héros, les plus petits et les plus grands

Ont filé dans leur temps la quenouille d'Omphale.

Séduit par une reine aux appas enivrants,

Antoine a planté là la pourpre impériale.

Sans doute Antonio n'eut pas la liberté

De choisir ou l'amour ou le sceptre du monde.

Comme son homonyme, il n'eût pas hésité.

Déposer un baiser sur une gorge blonde

Et presser dans ses bras une fraîche beauté

Lui semblait préférable à tout l'or du Golconde.

18

Nos jeunes gens aimaient pour la première fois,

Aussi roucoulaient-ils follement, à cœur joie.

De l'amour platonique on observa les lois,

Ce qui n'est pas peu dire, environ deux grands mois;

Et puis, on employa, non l'échelle de soie,

Ainsi que Roméo, mais l'échelle de bois.

Je n'entreprendrai pas certes de vous décrire

Tous les moments qu'ils ont dépensés à se dire

Qu'ils s'aimaient; les soupirs et les serments d'amour,

Les baisers échangés, les transports, le délire,

Les entretiens, quittés et repris tour à tour :

Vous apprendrez cela peut-être quelque jour.

Vous sentirez alors, ô mon lecteur imberbe,

Votre regard brûler sous un regard de feu

Et votre cœur se fondre à ce premier aveu

Que l'on traduit si bien à l'aide d'un seul verbe.

Alors vous comprendrez sans peine ce proverbe :

Ce que femme veut, l'homme, ainsi que Dieu, le veut.

Alors vous comprendrez qu'Adam, notre grand-père,

Ait jeté son bonnet sur les murs de l'Eden,

Pour s'en aller, ainsi qu'un jeune muscadin,

Courir la pretantaine avec notre grand'mère.

Il le ferait encor, si c'était à refaire;

Une femme vaut bien, à coup sûr, un jardin.

Heureux temps! heureux temps, où la beauté divine

Montrait à nu l'éclat de ses seins chatoyants!

Pour voile un long réseau de cheveux ondoyants

Dont les bouts voltigeaient sur sa blanche poitrine;

Pas de busc pour meurtrir ses charmes attrayants;

Deux feuilles de figuier pour toute crinoline !

La mode, en ces temps-là, n'avait pas de journal ;

On ne connaissait pas la taille en fil d'archal.

Aujourd'hui nos beautés étalent avec grâce,

Comme une vaste tour, leur corps pyramidal ;

Un mari craint toujours de voir le vent qui passe

Lancer comme un ballon sa femme dans l'espace.

Mais bah ! cela vaut bien l'habit noir étriqué

Où le corps d'un mortel, remuant avec peine,

A l'air d'un parapluie enfermé dans sa gaîne.

Cela vaut bien encor ce grand tuyau tronqué,

Qu'on appelle un chapeau, lorsqu'il est appliqué

Capricieusement sur une tête humaine.

Byron dit (dans don Juan, si j'ai bon souvenir):
Nothing so difficult... ou, rien n'est difficile
Comme de commencer, si ce n'est de finir.
C'est mon opinion. Les phrases à la file
Se rangent; le papier ne peut les contenir.
Pour une que l'on cherche, on en trouverait mille.

Les vers à flots pressés s'échappent du cerveau,
Juste comme l'argent, quand il sort de la bourse;
Ou bien, c'est comme quand on découvre une source :
D'abord c'est un filet, et puis c'est un ruisseau,
Puis, un torrent qui va creusant un lit nouveau.
On ne peut l'arrêter ni le suivre à la course.

Tout cela, c'est très vrai souvent, mais pas toujours ;
Car, on le sait de reste, il est de certains jours
Où la bourse se vide, où la muse est muette,
Où le ruisseau tarit et sèche dans son cours,
Et Moïse aurait beau frapper de sa baguette,
Il ne tirerait pas un seul vers du poète.

Or donc, j'en déduirai cette conclusion :
C'est que je ne sais pas trop bien comment conclure,
Car j'ai cassé le fil de ma narration ;
Je tâche vainement d'y faire une soudure,
J'ajoute quatre mots qu'aussitôt je rature,
Et ma verve s'enfuit comme une illusion.

Eh ! ne pourrait-on pas nous trouver quelque chose
D'un peu neuf ? dira-t-on ; nos palais émoussés
Ont besoin de récits fraîchement épicés.
Toujours les mêmes vers, toujours la même prose !
On est las de marcher par les chemins tracés...
— La critique est aisée et l'art n'est pas tout rose.

Trouver un fruit auquel personne n'ait mordu,

Trouver sur l'Hélicon quelque sentier perdu

Dont nul pas n'ait courbé l'herbe verte et mobile,

Trouver au fond du cœur un lieu vierge et tranquille,

Un escalier secret où nul n'est descendu,

Voilà, pour un auteur, voilà le difficile.

Si mon livre à quelque autre, ô lecteur, est pareil,

Pour lui très humblement je vous demande excuse ;

Une autre fois j'irai vous demander conseil.

D'ailleurs rappelez-vous que notre monde s'use

Et que voici longtemps qu'une hébraïque muse

S'écriait : Il n'est rien de neuf sous le soleil !

Ce disant, nous allons passer à l'épilogue,

Si vous le voulez bien. Je tiens énormément

A terminer ce soir cette petite églogue.

Je voudrais que la fin fût digne du prologue ;

Mais j'ai beau me creuser impitoyablement

La tête, je n'en puis tirer un dénoûment.

Il est vrai qu'on pourrait bien finir une strophe

Par un coup de théâtre, ainsi qu'au boulevard,

Quand l'affaire s'embrouille et que le jeu s'échauffe ;

Quelque crime inouï surgirait par hasard

Et viendrait juste à temps pousser la catastrophe ;

Mais cela vous pourrait donner le cauchemar.

J'aurais d'autres moyens, tous jeunes comme Hérode :

Par exemple, un bon duel serait fort à propos ;

Mais les duels, aujourd'hui c'est bien passé de mode ;

Plus d'un s'est terminé par des coups de chapeaux.

Si c'est moins glorieux, c'est toujours plus commode ;

Les combattants d'ailleurs n'y risquent pas leurs peaux.

Quand on écrit en prose, on se tire d'affaire

A peu près comme on veut ; là, l'immoralité,

A vrai dire, n'est pas une difficulté.

Le lecteur est bien plus facile à satisfaire.

On peut parfaitement voguer en liberté

A travers les écueils qui pourraient lui déplaire.

Mais un poème en vers n'est pas du tout cela.

On louvoie; il suffit d'une maudite rime

Pour faire chavirer la barque dans l'abîme.

Vous tâchez d'éviter Charybde, mais voilà

Que, sans vous en douter, vous tombez dans Scylla.

Exemple : Je croyais faire une œuvre sublime,

J'avais pris pour héros deux jeunes innocents,

Beaux, aimables, tous deux à l'âge où l'on écoute

Volontiers de l'amour les propos caressants.

Consciencieusement j'avais fait, nul n'en doute,

Mon possible pour vous les rendre intéressants.

Je vois bien maintenant que j'ai fait fausse route.

— Fi donc! avoir placé sous le toit conjugal

De pareilles horreurs, monsieur! mais c'est très mal.

Shocking ! — Ami lecteur, cet amour illicite,

Révérence parler, est-il plus immoral

Que Putiphar ôtant à Joseph sa lévite,

Ou que Phèdre lorgnant son beau-fils Hippolyte ?

Sur cette question méditez à loisir.

Au lit de la vertu j'ai fait un pli de rose,

C'est vrai, je m'en repens; mais pouvais-je choisir?

Je vous donne un fait brut, dam! cherchez-en la cause!

Il faut bien, après tout, qu'on fasse quelque chose.

A défaut de l'honneur, on cherche le plaisir.

Du plaisir à tout prix la vile théorie

A pris racine au cœur de la société.

Les enfants de notre âge en ont l'âme nourrie,

Leur instinct bestial n'a plus de pruderie ;

Ils cherchent ardemment la sensualité,

Comme un gourmet blasé veut du gibier gâté.

Quand vous les élevez, vous leur dites sans cesse

De ne plus respecter que la seule richesse.

Ils ne connaissent rien qu'un précepte : « Jouis! »

Ils rêvent maintenant, dès leur tendre jeunesse,

D'avoir un ruisseau d'or sous leurs yeux éblouis

Et de baigner leurs mains dans des flots de louis.

Faire une bonne affaire est la seule formule

Qui résume l'esprit de tout homme de bien ;

Pourvu qu'on réussisse on n'a pas de scrupule,

La fin, — c'est leur proverbe, — excuse le moyen.

Eh! qu'importe l'honneur, s'il ne rapporte rien!

Tout sentiment honnête est niais et ridicule.

L'hyménée aujourd'hui n'est qu'un hideux tripot.

Lorsque l'on se marie on épouse une dot,

Heureux si l'on pouvait l'obtenir sans la fille !

La femme pour mari prend un vieil idiot

Qui stipule au contrat un bon bien de famille ;

Le prêtre là-dessus pose son estampille.

C'est là le mariage. On supprime l'amour,

Et, comme ils gêneraient à l'heure des visites,

On jette les enfants, s'il en vient quelque jour,

La fille au Sacré-Cœur, les garçons aux Jésuites.

On est libre ; et bientôt, sans voiles hypocrites,

L'adultère au foyer vient s'asseoir à son tour.

Les hommes sont oisifs, les femmes sont oisives ;
Tous vont de leur côté, froids et sans passion,
Au vent capricieux de la tentation.
Le luxe les appelle à ses trompeuses rives,
Et, pour distraire un peu les heures fugitives,
Ils s'enivrent du vin de la corruption.

Est-ce donc étonnant? La pensée en tutelle,
Tandis qu'à la matière on fait la part si belle,
N'ose s'aventurer et rompre ses liens.
Nos hommes seraient forts comme les vieux païens,
Si vous les nourrissiez un peu de cette moelle
Qui fait les nobles cœurs et les grands citoyens.

Je ne veux pas vous faire un traité de morale,

Sans quoi j'aurais prouvé catégoriquement

Que lorsque l'adultère étale son scandale,

C'est qu'il est enfanté par le désœuvrement.

Mais le lecteur fâché murmure sourdement

Que je deviens pédant, et ma muse, banale.

Puis donc que vous n'avez pu suivre jusqu'au bout

Une histoire que rien ne me forçait d'écrire,

Pas plus que vous n'étiez obligé de la lire,

Je devrais bien ne plus m'en occuper du tout ;

Car, tenez-le pour dit, si ma muse aime à rire,

Les indiscrétions ne sont pas de son goût.

Pourtant je ne peux pas dénaturer l'histoire.

Je terminerai donc, et vous pourrez m'en croire,

En racontant comment notre vieux Bartholo

Essaya de jouer le rôle d'Othello.

Sa canne en main, un jour qu'il était après boire,

Il monte au cabinet de sa femme, au galop.

C'est-à-dire, en tenant la rampe bien saisie,

Il parvient à grimper enfin sur le palier,

Sans trop faire de bruit à travers l'escalier.

La sueur inondait sa face cramoisie ;

Son regard flamboyait ; l'ardente jalousie

De son vieux cœur éteint rallumait le foyer.

Vous avez lu cent fois cette scène émouvante

Qu'en vers délicieux nous raconte le Dante :

Françoise et Paolo, s'oubliant un moment,

Laissent tomber leur livre, et, d'une lèvre ardente,

Savourent d'un baiser le pur enivrement,

Quand le farouche époux s'élance brusquement.....

Nos héros en étaient à cette période.

Assis sur la causeuse et devisant tous deux,

Ils avaient épuisé la matière d'une ode

A se jurer l'amour éternel ; leurs adieux

Allaient se terminer par un autre épisode,

Quand un bruit formidable éclata tout près d'eux.

C'était un jurement du marquis. Demi-morte,

Joséphine saisit le verrou de sa porte,

Mais trop tard. Tout-à-coup, semblable à ce Romain

Qui frappait les chardons debout sur son chemin,

Le marquis chancelant, que la fureur transporte,

Paraît, en brandissant sa canne dans sa main.

Antonio pourtant, par la croisée ouverte

S'esquivait lestement, et, d'une jambe alerte,

Gagnait son domicile, encor tout étourdi

De ce bâton brutal sur sa tête brandi.

Lorsqu'il se vit rentré dans sa chambre déserte,

Il sentit son amour de moitié refroidi.

Alors, réfléchissant à sa mésaventure,

Il résolut d'aller tout de suite à Paris

Étudier le droit et la magistrature.

De son brusque départ son père fut surpris;

Mais il le laissa faire, et, les yeux attendris,

Alla l'accompagner, le soir, à la voiture.

Et que fit le marquis à son épouse? — On dit

Qu'il ne murmura pas un seul mot de reproche,

Mais qu'il la régala d'une verte taloche.

Était-il dans son droit? — Là, mon récit finit,

Sans résoudre ce point douteux. La nuit approche;

Lecteur, allons dîner. Bonsoir et *good night!*

Post-scriptum. — Aujourd'hui ce péché de jeunesse

Est expié; l'épouse a fait dévotement

Son salut; elle va bien souvent à confesse

Et ne manque jamais les vêpres, ni la messe.

Le mari boit toujours l'absinthe, seulement

Les verres ont doublé depuis l'évènement.

Antonio, tordant sa tête mal à l'aise

Sur le roide carcan d'un raux-col à l'anglaise,

Rangé, conservateur, et quelque peu cafard,

Pourrait bien revenir occuper tôt ou tard

Un poste officiel, et, ne vous en déplaise,

Sauver la France, l'ordre et les mœurs, par hasard.

TABLE.

NIORT, TH MERCIER IMPR. RUE DES YVERS, N° 4.